GRAMMAR SHADOW

跟讀學
日檢文法
JLPT N1

全音檔下載導向頁面

https://www.globalv.com.tw/mp3-download-9789864544332/

掃描 QR 碼進入網頁並註冊後，按「全書音檔下載請按此」，可一次性下載音檔壓縮檔，或點選檔名線上撥放。
全 MP3 一次下載為 ZIP 壓縮檔，部分智慧型手機須安裝解壓縮 APP 方可開啟，iOS 系統請升級至 iOS 13 以上。
此為大型檔案，建議使用 WIFI 連線下載，以免占用流量，並確認連線狀況，以利下載順暢。

本書の特色と使い方
本書的特色與使用說明

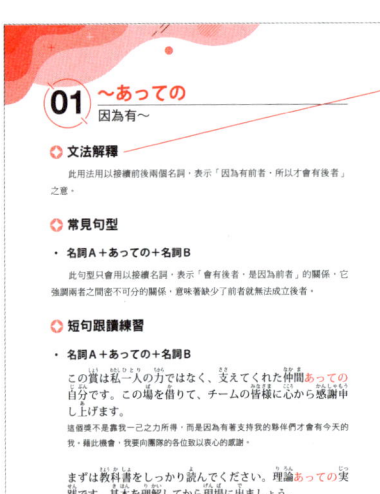

文法解釋

　　簡單明瞭的說明本單元介紹的句型的意義，解釋該句型是在什麼情況下被使用，以及表達的是什麼意思。

常見句型

　　介紹該句型與其他詞彙是如何搭配來使用的。通常意思不會有大變化，但搭配名詞使用的時候，可能會需要比搭配動詞的時候多加幾個助詞；諸如此類須多加注意的地方，這邊都會解釋出來。

短句跟讀練習

01 ～あっての
因為有～

❖ 文法解釋
此用法用以接續前後兩個名詞，表示「因為有前者，所以才會有後者」之意。

❖ 常見句型
・名詞A＋あっての＋名詞B

此句型只會用以接續名詞，表示「會有後者，是因為前者」的關係，它強調兩者之間密不可分的關係，意味著缺少了前者就無法成立後者。

❖ 短句跟讀練習
・名詞A＋あっての＋名詞B

この賞は私一人の力ではなく、支えてくれた仲間あっての自分です。この場を借りて、チームの皆様に心から感謝申し上げます。
這個獎不是靠我一己之力所得，而是因為有著支持我的夥伴們才會有今天的我。藉此機會，我要向團隊的各位致以真心的感謝。

まずは教科書をしっかり読んでください。理論あっての実践です。基本を理解してから現場に出ましょう。
請先熟讀教科書，先懂理論才能實踐。了解了基本概念後再到現場吧。

　　常見句型所介紹的句型用法，會在這裡實地演練給您看。從這裡開始會提供兩種音檔供您跟讀訓練，QR碼位於每單元的第二頁右上角，用手機一掃馬上就可以聽。

　　尚未熟悉跟讀法的人，可以先使用較慢的「S」音檔，是並列的兩個QR碼的左邊的那一個，邊看課本上的例句，邊跟著音檔慢慢練習跟讀。

練習あっての上達だから、
コツコツ続けることが大切です。
有練習才能進步，持之以恆才是最重要的。

❖ 進階跟讀挑戰

就職して5年目、仕事に追われる毎日を送っていた私は、ある日突然倒れてしまった。医者からは過労と診断され、2週間の休養を言い渡された。入院中、毎日のように見舞いに来てくれた家族や友人の優しさに触れ、私は今までの生き方を考え直すきっかけを得た。確かに仕事は大切だ。でも、健康あっての人生だということを、身をもって実感した。退院後、仕事の進め方を見直し、趣味の時間も作るようになった。今では、家族との時間を大切にしながら、効率よく仕事をこなせるようになった。この出来事は、私にとって大きな転機となった。人との繋がりあっての自分なのだと、改めて気付かされた経験だった。

工作第五年，在被工作追著跑的日子裡，我在某一天突然昏倒了，醫生診斷為過勞，要求我休養兩週。住院期間，幾乎每天都有家人和朋友來探望，感受到他們的溫暖，讓我重新思考過去的生活方式。工作雖然重要，但我切身體會到有了健康才有人生這個道理。出院後，我重新檢視了工作方式，也開始為興趣安排時間。現在，一邊珍惜與家人相處的時光，也能一邊更有效率地完成工作。因過勞而住院成了我人生的一個重大轉捩點，這個經驗讓我重新認識到，有了人與人之間的連結，才有今天的自己。

　　每個單元的最後都會附上一篇文章，可以在這裡看到句型實際出現在文章之內時會是怎麼樣子，對練習日檢的閱讀測驗和聽力測驗都有幫助。

　　一樣附有慢速、正常速兩種音檔，讀者可以先聽音檔講過一遍，再暫停音檔自己重新念過一遍，然後再嘗試跟著音檔一起念。

目錄

N1 必須的基本文法知識

進階敬語	10
尊敬語	10
謙讓語Ⅰ	13
謙讓語Ⅱ（丁重語）	14
丁寧語	16
美化語	17
日檢常見慣用語、諺語、四字熟語	18
日檢常見日本文化相關用詞	21

N1 必考文法120

1. ～あっての　因為有～	24
2. ～いかん／～いかんでは／～いかんによっては　根據～的情況	26
3. ～にかかわらず　不論～	28
4. ～以前　在～之前	30
5. いざとなれば～　一旦到了關鍵時刻～	32
6. いずれにせよ～／どっちみち　無論如何～	34
7. ～かたがた　一方面～另一方面	36
8. ～かたわら　除了～之外	38
9. ～がてら　順便～	40
10. ～からして　從～來看	42
隨堂考①	44
11. ～かれ～かれ　無論是～還是～	46

12. ~か否か　是否~	48
13. ~が~だけに　正因為~	50
14. かろうじて~　勉強~／好不容易~／僅僅~	52
15. ~かと思いきや　本以為~	54
16. ~が早いか　剛一~就~	56
17. ~からある／~からする／~からの　從~開始的	58
18. かつてない~　前所未有的~／史無前例的~	60
19. ~きっての　最~的	62
20. ~気取り　假裝成~	64
隨堂考②	66
21. ~極まる　極其~	68
22. ~きらいがある　有~的傾向	70
23. ~きりがない　沒有盡頭	72
24. ~ごとき　像~一樣的	74
25. ~ごとく／ごとし　如同~	76
26. この上なく~　無比地~	78
27. ~ことだし　因為~	80
28. ~ことのないように　為了不讓~發生	82
29. ~こともあって　因為有這樣的情況	84
30. ~こととて　因為~所以	86
隨堂考③	88
31. ~すら　就連~	90
32. ~術がない　沒有辦法	92
33. ~ずじまいだ　最終沒有~	94
34. ~ずにはおかない　必然~；必定~	96
35. ~そばから　剛一~就~	98
36. ただ~のみ　僅僅是~	100
37. ~たためしがない　從未有過~	102
38. ~たところで　即使~也無濟於事	104
39. ~たら~たで／~ば~で　如果~那麼也會~	106
40. ~たら~ところだ　如果~那就是~	108
隨堂考④	110

41. 〜たらしい／ったらしい　看起來像是〜	112
42. 〜だの〜だの　或者是〜或者是〜	114
43. 〜た分だけ　根據所做的部分〜	116
44. 〜たまでだ／〜たまでのことだ　不過是〜而已	118
45. ただでさえ〜　原本就〜	120
46. 〜たりとも　一點也不〜	122
47. 〜たるもの　作為〜	124
48. 〜だに　連〜	126
49. 〜だろうに　雖然應該是這樣卻〜	128
50. 〜っぱなし　一直保持著〜	130
隨堂考⑤	132
51. 〜尽くす　完全地〜	134
52. 〜であれ〜であれ　無論是〜還是〜	136
53. 〜てみせる　給你看〜	138
54. 〜てしかるべきだ　應該要〜	140
55. 〜ては〜ては〜　一次又一次地〜	142
56. 〜てやまない　〜不已	144
57. 〜てもどうにもならない　即使〜也無法改變現狀	146
58. 〜ても差し支えない　即使〜也不會有問題	148
59. 〜ではあるまいし　又不是〜	150
60. 〜でもあり〜でもある　同時也是〜和〜	152
隨堂考⑥	154
61. 〜では済まない　不僅僅是這樣〜	156
62. 〜とあって　因為有這樣的情況〜	158
63. 〜とあれば　如果説〜	160
64. 〜というか〜というか　可以説是〜也可以説是〜	162
65. 〜といったところだ　大概就是這樣〜	164
66. 〜とはいえ　雖然如此〜	166
67. 〜といわず　不僅僅是〜	170
68. 〜ともあろうものが　作為〜應該要〜	172
69. 〜ときたら　説到〜	174
70. 〜ところ　在某種情況下〜	178

隨堂考⑦ —— 180

71. ～というものは　所謂的～ —— 182
72. ～としたことが　作為～卻～ —— 184
73. ～としてあるまじき　不應該作為～ —— 186
74. ～とて　即使如此～ —— 188
75. ～ともなると／ともなれば　一旦到了～就會～ —— 190
76. ～と言えなくもない　可以說不無道理～ —— 192
77. ～と言っても　雖然這麼說但～ —— 194
78. ～ながら　雖然～但仍然～ —— 198
79. ～ないとも限らない　不一定不會有～ —— 200
80. ～ないまでも　雖然不能～但至少可以～ —— 202

隨堂考⑧ —— 204

81. ～ないものか　能不能…啊？ —— 206
82. ～ながらに　保持著～的狀態 —— 208
83. ～いざしらず　如果是～那倒無所謂 —— 210
84. ～ならともかく／ならまだしも　如果是～則另當別論 —— 212
85. ～なり～なり　或者是～或者是～ —— 214
86. ～にあって　在～的情況下 —— 216
87. ～にかこつけて／を口実にして　藉口為了～ —— 218
88. ～にしたところで　即使在這種情況下也無法改變事實 —— 220
89. ～に堪えない　無法忍受的程度 —— 222
90. ～にとどまらず　不僅限於～ —— 224

隨堂考⑨ —— 226

91. ～には及ばない　不必達到這種程度 —— 228
92. ～には当たらない　不算什麼 —— 230
93. ～にもほどがある　有些過分了 —— 232
94. ～にも増して　比起以往更加～ —— 234
95. ～に越したことはない　沒有比這更好的選擇 —— 236
96. ～に欠かせない　必不可少的 —— 238
97. ～に言わせれば／に言わせると　根據某人的看法 —— 240
98. ～に限らない　不僅限於～ —— 242
99. ～に至っては　到了這種地步 —— 244

100. 〜に至るまで　到達了〜 ─────────── 246
隨堂考⑩ ──────────────────── 248
101. 〜に則って　根據〜 ─────────── 250
102. 〜に足る／に足りる　足以〜 ─────── 252
103. 〜に値する　值得〜 ─────────── 254
104. 〜のをいいことに　藉此機會〜 ────── 256
105. 〜はさておき　暫且不談〜 ──────── 258
106. 〜べからず　不應該〜 ──────── 260
107. 〜べく　為了〜 ───────────── 262
108. 〜までだ／までのことだ　就到此為止 ── 264
109. 〜までもない　不必到達那種程度 ──── 266
110. 〜滅多に〜ない　幾乎從不〜 ─────── 268
隨堂考⑪ ──────────────────── 270
111. 〜ものと思われる／ものと見られる　被認為是〜 ── 272
112. 〜や否や　剛一〜就〜 ─────────── 274
113. 〜ようと〜ようと／ようと〜まいと　無論是否〜 ── 276
114. 〜よりほかにない　除了〜之外沒有其他選擇 ─── 278
115. 〜をおいて　除了〜之外沒有其他選擇 ─────── 280
116. 〜をもってすれば／をもってしても　如果用〜來看 ── 282
117. 〜を蔑ろにする　輕視〜 ──────────── 284
118. 〜を余儀なくされる　被迫做 ───────── 286
119. をよそに〜　無視〜 ──────────── 288
120. 〜を皮切りに　作為開始〜 ───────── 290
隨堂考⑫ ──────────────────── 292

隨堂考解答 ──────────────── 294

N1
必須的基本文法知識

進階敬語

● 尊敬語

　　以他人為主語，描述他人的動作、狀態時，將其改為尊敬語形態以對他人表達尊敬之意。

❶ 動詞類尊敬語

① お＋（マス形去ます）＋なさる
　ご＋漢語動名詞＋なさる

ご担当者が本件についてお調べなさるとのことでした。

據說負責人會針對此事進行調查。

ご指導なさった先生方に深く感謝申し上げます。

對曾給予指導的老師們，謹致上深深的謝意。

② お＋動詞（マス形去ます）＋だ
　ご＋漢語動名詞＋だ

社長はすでにお帰りだそうです。

聽說社長已經回去了。

本日はご出席だとのことで、お待ち申し上げておりました。

聽說您今天會出席，我們已恭候多時。

③ お＋動詞（マス形去ます）＋でいらっしゃる
ご＋漢語動名詞＋でいらっしゃる

会長がお話しでいらっしゃることには、重みがある。

會長所說的話非常有分量。

先ほどの資料は、ご説明でいらっしゃる方から直接伺いました。

剛才那份資料是從正在說明的人那裡直接聽到的。

④ お＋動詞（マス形去ます）＋くださる
ご＋漢語動名詞＋くださる

ご多忙の中、お越しくださいまして誠にありがとうございます。

非常感謝您在百忙之中蒞臨。

ご配慮くださり、心より感謝申し上げます。

衷心感謝您的體諒。

❷ イ形容詞類尊敬語

① お＋イ形容詞

お忙しい中恐縮ですが、こちらの資料をご確認ください。

抱歉打擾您百忙之中，請過目這份資料。

② イ形容詞（去い加くて）＋いらっしゃる

社長(しゃちょう)は最近(さいきん)忙(いそが)しくていらっしゃるようで、お体(からだ)を大(たい)切(せつ)になさってください。

聽說社長最近非常忙碌，請務必保重身體。

③ お＋イ形容詞（去い加くて）＋いらっしゃる

お優(やさ)しくていらっしゃる部長(ぶちょう)には、誰(だれ)もが信頼(しんらい)を寄(よ)せている。

對於那位親切的部長，所有人都非常信賴。

❸ ナ形容詞類尊敬語

① お・ご＋ナ形容詞＋だ

ご丁寧(ていねい)だとは思(おも)いますが、もう少(すこ)し簡潔(かんけつ)にしてもよいかと存(ぞん)じます。

雖然您說話非常有禮貌，但我認為可以更簡潔些。

② ナ形容詞＋でいらっしゃる

本日(ほんじつ)は大変(たいへん)にぎやかでいらっしゃいますね。

今天非常熱鬧呢。

③ お・ご＋ナ形容詞＋でいらっしゃる

ご熱心(ねっしん)でいらっしゃる姿(すがた)に、私(わたくし)たちも感化(かんか)されました。

您那股熱忱也深深影響了我們。

❹ 名詞類尊敬語

① お・ご＋名詞＋だ

ご案内だと伺っておりますが、内容をご確認いただけますか。

聽説您是負責導覽的，能否請您確認一下内容？

② 名詞＋でいらっしゃる

担当の方でいらっしゃるなら、こちらの資料をご覧ください。

若您是負責人，請參閲這份資料。

③ お・ご＋名詞＋でいらっしゃる

ご担当者でいらっしゃる田中様に直接ご連絡いたします。

將直接聯繫負責的田中先生。

● 謙譲語Ⅰ

用於己方的動作，若己方的動作有牽涉到該尊敬的對象時，用以表達謙虛。用法等同傳統定義的謙譲語。

❶ 動詞類謙譲語

① 動詞（使役形的テ形）＋いただく

ご希望があれば、私が手伝わせていただきますので、遠慮なくお申し付けください。

若您需要的話，我可以幫忙，請不要客氣地提出來。

② お＋動詞（マス形去ます）＋いただく
　　ご＋漢語動名詞＋いただく

ご迷惑をおかけして申し訳ありません。後ほどお詫びいただく機会を設けたいと思っております。

對於造成的不便深感抱歉，稍後我們希望能安排機會請您接受我們的致歉。

ご参加にあたり、事前にご確認いただく書類がございます。

為了參加活動，有些資料需要事先確認。

❷ 名詞類謙讓語

① お・ご＋名詞

少々お時間をいただけますでしょうか。

能否請您撥冗幾分鐘？

その件につきましては、ご意見を賜れれば幸いです。

關於此事，若能得到您的意見將不勝感激。

● 謙讓語Ⅱ（丁重語）

用於己方的動作，在不牽涉到需要尊敬的對象時，對聽者表示敬意，只有「ます形」的用法。

① いたす（いたします）＝する

本日の資料は、後ほどこちらからお送りいたします。

今天的資料稍後會由我們這邊發送。

② おる（おります）＝いる

担当の者はただいま席を外しておりますが、すぐに戻ってまいります。

負責人目前不在座位上，但很快會回來。

③ ござる（ございます）＝ある

会場は3階にございます。

會場設在三樓。

④ 存じる（存じます）＝知る・思う

お名前は以前から存じております。

您的名字我早就有所耳聞。

⑤ 参る（参ります）＝行く・来る

明日の会議には、私が直接参ります。

明天的會議我會直接前往。

⑥ 申す（申します）＝言う

私、営業部の小林と申します。

我是營業部的小林。

- **丁寧語**

對聽者表達敬意，主要形態有「～です」、「～ます」、「～ございます」等。以下為「～ございます」的例句。

❶ イ形容詞丁寧語

① 將「～い」改成「う」，再加上「ございます」。

本日は寒うございますので、どうぞ暖かくしてお過ごしください。

今天天氣寒冷，請注意保暖。

② 「～い」的前方為イ段音時，改為「イ段音＋ゅ＋う＋ございます」。

こちらのお菓子は、美味しゅうございますので、ぜひご賞味ください。

這款點心十分美味，請務必品嚐看看。

③ 「～い」的前方為ア段音時，改為「オ段音＋う＋ございます」。

最近の家賃はどこも高うございますね。

最近的房租到處都偏高呢。

❷ ナ形容詞丁寧語

こちらの部屋は静かでございますので、ごゆっくりおくつろぎください。

這個房間非常安靜，請好好放鬆。

担当の中原でございます。どうぞよろしくお願いいたします。

我是負責人中原,請多指教。

● 美化語

在名詞前方加上「お〜・ご〜」,以將事物美化,使其聽起來較為典雅。沒有表示尊敬或謙虛的功能。

お箸はテーブルの上にご用意しております。

筷子已經準備在桌上了。

こちらが本日のご朝食でございます。

這是今天的早餐。

◆ 日檢常見慣用句

日語	中譯
頭に来る	火冒三丈。
胸を張る	昂首挺胸、有自信。
腹が立つ	生氣、發火。
耳にたこが出きる	聽到耳朵長繭，聽膩了。
首を長くして待つ	翹首以待、引頸期盼。
大目に見る	寬容對待、睜一隻眼閉一隻眼。
顔が広い	人脈廣、交際廣泛。
頭が切れる	聰明伶俐、腦筋靈活。
気が長い	有耐性、慢性子。
気が短い	沒耐性、急性子。
足を引っ張る	扯後腿、拖累。
骨が折れる	費力、辛苦。
肩を落とす	垂頭喪氣、失望。
歯が立たない	無能為力、敵不過。
目がない	非常喜歡、無法抗拒。
猫の手も借りたい	忙得不可開交。
頭が上がらない	抬不起頭來。
顔が広い	人脈廣。
水に流す	既往不咎。
耳が痛い	聽了刺耳的話。

🌸 日檢常見日語諺語

日語	中譯
石の上にも三年	皇天不負苦心人。
急がば回れ	欲速則不達。
馬の耳に念仏	對牛彈琴。
腐っても鯛	瘦死的駱駝比馬大。
猿も木から落ちる	智者千慮，必有一失。
三人寄れば文殊の知恵	三個臭皮匠勝過一個諸葛亮。
塵も積もれば山となる	聚沙成塔、積少成多。
出る杭は打たれる	樹大招風。
七転び八起き	屢敗屢戰，永不言棄。
焼け石に水	杯水車薪。
類は友を呼ぶ	物以類聚。
笑う門には福来たる	常懷笑容福自來。
犬猿の仲	水火不容。
灯台下暗し	當局者迷。
花より団子	捨華求實。
二兎を追う者は一兎をも得ず	同時追求太多會一事無成。
雨降って地固まる	經歷風雨後，關係或情勢反而更加穩固。
三日坊主	三分鐘熱度。
情けは人の為ならず	幫助別人最終也會回到自己身上。
知らぬが仏	有些事情不知道更好。

◆ 日檢常見四字熟語

日語	中譯
以心伝心（いしんでんしん）	心有靈犀。
一期一会（いちごいちえ）	一生僅此一次的相會。
臨機応変（りんきおうへん）	隨機應變。
試行錯誤（しこうさくご）	反覆試錯。
一石二鳥（いっせきにちょう）	一石二鳥、一舉兩得。
八方美人（はっぽうびじん）	八面玲瓏、討好所有人，略帶貶義。
我田引水（がでんいんすい）	自私自利。
意気投合（いきとうごう）	意氣相投、志趣相同。
千差万別（せんさばんべつ）	千差萬別、各不相同。
十人十色（じゅうにんといろ）	十個人有十種想法，人各有志。
一目瞭然（いちもくりょうぜん）	一目了然。
喜怒哀楽（きどあいらく）	喜怒哀樂。
単刀直入（たんとうちょくにゅう）	開門見山、直截了當。
自業自得（じごうじとく）	自作自受。
優柔不断（ゆうじゅうふだん）	優柔寡斷。
画竜点睛（がりょうてんせい）	在適當之處添加關鍵一筆，使事物臻於完美。
不言実行（ふげんじっこう）	默默地實踐，無需言語。
義理堅固（ぎりけんご）	信義堅定，對義務有責任感。
臥薪嘗胆（がしんしょうたん）	刻苦耐勞，忍辱負重。
一蓮托生（いちれんたくしょう）	共同承擔命運，互為依存。
四面楚歌（しめんそか）	處於四面受敵的困境。

🔶 日檢常見日本文化相關用詞

日語	中譯	簡介
歌舞伎(かぶき)	歌舞伎	傳統戲劇，結合舞蹈、音樂和戲劇表演。
能(のう)	能	古典戲劇，以歌唱和舞蹈為主。
狂言(きょうげん)	狂言	傳統喜劇，常與能一起演出。
人形浄瑠璃(にんぎょうじょうるり)	人形浄瑠璃	木偶劇，伴隨著音樂和解說。
御伽草子(おとぎぞうし)	御伽草子	古代的童話故事書。
浮世絵(うきよえ)	浮世繪	木刻版畫，常描繪日常生活與風景。
落語(らくご)	落語	傳統的單人說故事表演，講述幽默故事。
獅子舞(ししまい)	獅子舞	日式的舞獅，模擬獅子動作，通常在節慶中表演。
相撲(すもう)	相撲	傳統摔跤運動。
茶道(さどう)	茶道	茶文化，強調禮儀與靜謐。
華道(かどう)	華道	又稱「生(い)け花(ばな)」，一種插花藝術，講究對稱與自然。
剣道(けんどう)	劍道	劍術，強調精神與技術的修練。
柔道(じゅうどう)	柔道	柔術，強調摔投與自我控制。
弓道(きゅうどう)	弓道	射箭術，重視精確與所謂殘心。
空手(からて)	空手	傳統的空手格鬥技術。
古墳(こふん)	古墳	古代墳墓，通常是圓形或方形外觀。
埴輪(はにわ)	埴輪	古代的陶製人物或動物雕像，通常見於古墳之中。
武士道(ぶしどう)	武士道	武士的道德和行為準則。
俳句(はいく)	俳句	短詩，通常由五、七、五三行構成。
短歌(たんか)	短歌	傳統詩歌形式，由五行構成。

川柳(せんりゅう)	川柳	日本傳統的詩歌，通常以五、七、五形式呈現。
三味線(しゃみせん)	三味線	傳統弦樂器，常用於表演音樂和戲劇。
太鼓(たいこ)	太鼓	鼓樂器，常用於慶典或舞蹈表演。
枯山水(かれさんすい)	枯山水	庭園藝術，模擬自然景觀的抽象表現。
甚平(じんべい)	甚平	傳統的輕便夏季衣物。
下駄(げた)	下駄	傳統木屐，通常用於夏季。
草履(ぞうり)	草履	傳統草編鞋子，常與和服搭配。
茶室(ちゃしつ)	茶室	用於茶道的簡樸建築或房間。
懷石(かいせき)	懷石料理	在茶道席上所供應的形式化日本料理。
雅樂(ががく)	雅樂	宮廷等場所演奏的古典音樂，日本最古老的音樂形式。
神輿(みこし)	神轎	神社祭典中承載神靈、並由人肩負的轎子。
風雅(ふうが)	風雅	對於品味與美意識的高雅且洗練的感受。
侘び寂び(わびさび)	侘寂	在簡樸與寂靜中發現美感的日本獨特美學概念。
民芸(みんげい)	民藝	根植於民眾日常生活的工藝品與美術作品。
数寄者(すきしゃ)	愛好者	熱愛茶道或藝術的洗練風雅人士。
布団(ふとん)	被褥	傳統寢具，直接鋪在榻榻米上使用。
精進料理(しょうじんりょうり)	素齋	依照佛教不殺生的戒律設計的素食料理。
陶芸(とうげい)	陶藝	以黏土燒製器皿與藝術品的日本傳統工藝。
表千家(おもてせんけ)	表千家	茶道界中代表性的流派之一。
染織(せんしょく)	染織	布料染色與織造的傳統技術。

N1
必考文法 120

01 〜あっての
因為有〜

◆ 文法解釋

此用法用以接續前後兩個名詞，表示「因為有前者，所以才會有後者」之意。

◆ 常見句型

- **名詞A＋あっての＋名詞B**

此句型只會用以接續名詞，表示「會有後者，是因為前者」的關係，它強調兩者之間密不可分的關係，意味著缺少了前者就無法成立後者。

◆ 短句跟讀練習

- **名詞A＋あっての＋名詞B**

この賞は私一人の力ではなく、支えてくれた仲間あっての自分です。この場を借りて、チームの皆様に心から感謝申し上げます。

這個獎不是靠我一己之力所得，而是因為有著支持我的夥伴們才會有今天的我。藉此機會，我要向團隊的各位致以衷心的感謝。

まずは教科書をしっかり読んでください。理論あっての実践です。基本を理解してから現場に出ましょう。

請先熟讀教科書，先懂理論才能實踐，了解了基本概念後再到現場吧。

練習あっての上達だから、
コツコツ続けることが大切です。
有練習才能進步，持之以恆才是最重要的。

◆ 進階跟讀挑戰

　　就職して5年目、仕事に追われる毎日を送っていた私は、ある日突然倒れてしまった。医者からは過労と診断され、2週間の休養を言い渡された。入院中、毎日のように見舞いに来てくれた家族や友人の優しさに触れ、私は今までの生き方を考え直すきっかけを得た。確かに仕事は大切だ。でも、健康あっての人生だということを、身をもって実感した。退院後、仕事の進め方を見直し、趣味の時間も作るようになった。今では、家族との時間を大切にしながら、効率よく仕事をこなせるようになった。あの出来事は、私にとって大きな転機となった。人との繋がりあっての自分なのだと、改めて気付かされた経験だった。

　　工作第五年，在被工作追著跑的日子裡，我在某一天突然昏倒了。醫生診斷為過勞，要求我休養兩週。住院期間，幾乎每天都有家人和朋友來探望，感受到他們的溫暖，讓我重新思考過去的生活方式。工作雖然重要，但我切身體會到有了健康才有人生這個道理。出院後，我重新檢視了工作方式，也開始為興趣安排時間。現在，我一邊珍惜著與家人相處的時光，也能一邊更有效率地完成工作。因過勞而住院成了我人生的一個重大轉捩點。這個經驗讓我重新認識到，有了人與人之間的連結，才有今天的自己。

02 〜いかん／〜いかんでは／〜いかんによっては

根據〜的情況

◆ 文法解釋

表示某狀態、變化是否會達成，會因前為前接事物而有所影響。

◆ 常見句型

- **名詞＋いかん／いかんでは／いかんによっては**

    前接名詞，表示後方狀態、變化是否會達成，由前接事物而定。

◆ 短句跟讀練習

- **名詞＋いかん／いかんでは／いかんによっては**

    この企画の成否は、予算の確保いかんだ。
    這個企劃的成敗，取決於是否能確實保住預算。

    交渉の進み具合いかんでは、計画の見直しが必要になるかもしれない。
    根據談判的進度，可能需要重新檢視計畫。

    今後の天候いかんによっては、収穫量が大幅に減少する恐れがある。
    依今後天氣情況而定，收穫量有可能大幅減少。

成績いかんで進路が決まる。

依成績決定未來出路。

◆ 進階跟讀挑戦

近年、企業の採用基準は大きく変化している。たとえ一流大学を卒業していても、必ずしも内定が取れるとは限らない。面接での受け答えいかんによっては、それまでの好印象が一気に覆されることもある。就職活動では、成績や資格以外にも、インターンシップや留学経験が重視される。企業は多面的な評価方法を取り入れており、学生には様々な準備が求められている。

近年來，企業在聘用標準上有了很大的改變。就算是名校畢業生，也不一定能順利被錄取。面試的表現好壞，更可能讓先前建立的好印象瞬間破滅。在求職過程中，除了成績和證照之外，也非常重視實習與留學經驗。企業採用了更全面的評估方式，因此學生也必須做好各方面的準備。

03 〜にかかわらず
不論〜

◆ 文法解釋

前接名詞或句子，表示「不會受到該狀況而有所影響」之意。

◆ 常見句型

❶ 名詞＋にかかわらず

前接各種帶有「不同」之語感的名詞，例如年齡、性別、天氣、國籍等，表示「不會因該事物而有所影響」。

❷ 句子＋にかかわらず

前接「肯定+否定」（する・しない）等表示對立的句子，表示「不會因該狀況的不同而有所影響」。

◆ 短句跟讀練習

❶ 名詞＋にかかわらず

年齢(ねんれい)にかかわらず、誰(だれ)でも参加(さんか)できます。
不論年齡，每個人都可以參加。

天候(てんこう)にかかわらず、予定通(よていどお)り行事(ぎょうじ)を行(おこな)います。
無論天候如何，活動將按照預定計劃進行。

❷ 句子＋にかかわらず

障害のあるなしにかかわらず、すべての子どもたちに平等な教育の機会を提供します。

無論是否有身心方面的障礙，我們將為所有孩子提供平等的教育機會。

成功するしないにかかわらず、努力することに意義があると思う。

無論成功與否，我認為努力本身就有意義。

◆ 進階跟讀挑戰

急速な技術の進歩により、年齢にかかわらず、新しいスキルを身につけることが重要になってきている。多くの企業がデジタル技術の基礎知識を重視し、従業員の再教育に力を入れている。40代や50代でもキャリアチェンジする人が増え、誰もが柔軟な姿勢で自己啓発に取り組む時代となっている。

隨著科技的快速進步，不論年齡，掌握新技能變得越來越重要。許多企業重視數位科技的基礎知識，致力於員工的再教育。即使是四、五十歲的人轉職的比例也在增加，這個時代，每個人都必須以靈活的態度來充實自己。

04 〜以前
在〜之前

◆ 文法解釋

此文法有兩種意思，第一種用法可以接於名詞或動詞辭書形之後表示時間，也就是中文的「…之前」之意；而第二種前接名詞，表示比該事物更為基本、更為根本的問題，翻成中文為「比…更重要」。

◆ 常見句型

❶ 名詞＋以前

表示比前接名詞更之前的時間點。

❷ 動詞（辭書形）＋以前

表示某動作、變化所發生之前的時間點，通常用於長時間的動作。

❸ 名詞＋以前

接於名詞之前，表示比該事物更為基本、更為根本的問題。中文為「比…更重要」。

◆ 短句跟讀練習

❶ 名詞＋以前

インターネット以前の時代は、情報収集が今よりずっと大変だった。

網際網路出現前的時代，收集資訊比現在困難得多。

❷ 動詞（辭書形）＋以前

結婚する以前は、一人暮らしをしていました。

結婚前，一直都是獨居生活。

❸ 名詞＋以前

報告書の誤字脱字が多いのは、内容以前の問題だ。基本的な確認をしてから提出すべきだ。

報告書中有許多錯別字和漏字，是比內容還要更基本的問題。應該在基本檢查後再提交。

◆ 進階跟讀挑戰

スマートフォンが普及する以前、人々の生活は今とは大きく異なっていた。待ち合わせの際は必ず時間と場所を細かく決めておく必要があり、急な予定変更も難しかった。電車の遅延情報も駅まで行かなければ分からず、今では考えられないような不便な生活が当たり前だった。しかし、便利になった反面、対面でのコミュニケーションが減少したという指摘もある。

在智慧型手機普及之前，人們的生活與現在有很大的不同。見面時必須事先詳細約定時間和地點，臨時要改變計畫也相當地困難。就連要查詢電車是否誤點，也得親自到車站才能知道，這種在現在看來難以想像的不便生活，在當時可是再平常不過。然而，儘管生活變得便利了，但也有人指出面對面的溝通反而減少了。

05 いざとなれば～
一旦到了關鍵時刻～

◆ 文法解釋

此為副詞用法，表示在面臨關鍵存亡之際、或面臨重大事態之情況下，表達說話者的決心。除了「いざとなれば」以外，另有「いざとなると」、「いざとなったら」、「いざという時」等說法。

◆ 常見句型

- **いざとなれば＋句子**

  後接句子，表示在面臨重大關鍵時刻時，所做出的動作或決定。

◆ 短句跟讀練習

- **いざとなれば＋句子**

  普段（ふだん）は静（しず）かな人（ひと）ですが、いざとなれば頼（たよ）りになる存在（そんざい）です。
  平時他是個安靜的人，但在緊要關頭卻是個可靠的存在。

  理論（りろん）は分（わ）かっていたのに、いざとなると緊張（きんちょう）して言葉（ことば）が出（で）てこなかった。
  雖然理論上都懂，但在關鍵時刻卻因緊張而說不出話來。

  いざとなったら、この非常口（ひじょうぐち）から避難（ひなん）してください。
  萬一發生緊急情況，請從這個緊急出口疏散。

いざという時のために、常に少額の現金を持ち歩いている。

為了應付緊急情況，我總是隨身攜帶少量現金。

◆ 進階跟讀挑戰

近年、自然災害が増加している中、日頃からの防災準備が重要視されている。いざとなれば避難所に逃げ込めるよう、家族で避難経路を確認し合うことが重要である。スマートフォンの充電が切れても情報が得られるよう、携帯ラジオの準備や、防災用の食料と飲料水の備蓄も欠かせないものである。このように、普段から万が一の事態に備えることで、災害時の被害を最小限に抑えることが可能である。

近年來，由於自然災害的增加，平時的防災準備變得特別重要。為了在緊急時刻能立即躲進避難所，家人之間要事先確認好避難路線。此外，考慮到手機可能會沒電，準備手提收音機以便取得資訊、儲存足夠的食物及飲用水也很重要。如此，只要平常做好準備，就能在災害發生時將損失降到最低。

06 いずれにせよ〜／どっちみち〜
無論如何〜

◆ 文法解釋

此為副詞用法，表示不論過程如何，結果都相同之意。有時會帶有同意、放棄等語感在。另有「いずれにしても」的說法。

◆ 常見句型

- いずれにせよ／どっちみち＋句子

  後接句子，表示不論過程如何，結果都相同之意。

◆ 短句跟讀練習

❶ いずれにせよ＋句子

彼が来るか来ないかはまだわかりませんが、いずれにせよ会議は予定通り進めます。

雖然還不知道他會不會來，但無論如何，會議都將按計劃進行。

❷ いずれにしても＋句子

雨が降っても晴れても、いずれにしても明日の遠足には行くつもりです。

無論是下雨還是晴天，總之我打算參加明天的郊遊。

❸ どっちみち＋句子

この仕事は今日中に終わらなくても、どっちみち週末までには完成させる必要がある。

這份工作就算今天做不完，無論如何週末前都必須完成。

◆ 進階跟讀挑戰

　　近年、企業では在宅勤務の導入が進んでいる。通勤時間の削減や仕事の効率化が期待できる一方、コミュニケーション不足を懸念する声もある。いずれにせよ、働き方の多様化は避けられない流れとなっており、企業も従業員も新しい環境に適応していく必要がある。従来の対面式からオンラインへの移行は、今後ますます加速していくだろう。

　　近年來，企業紛紛導入居家工作制度。雖然可以期待減少通勤時間並提高工作效率，但也有人擔心溝通不足的問題。無論如何，工作方式的多元化已成為無法避免的趨勢，企業和員工都必須適應新的環境。從傳統的面對面轉變為線上模式，今後將會更加快速地發展。

07 〜かたがた
一方面〜另一方面

◆ 文法解釋

接於帶有動作性質的名詞之後，表示做前方動作時，順便做後方動作之意。

◆ 常見句型

- **名詞＋かたがた**

  表示做前方動作時，順便做後方的動作。

◆ 短句跟讀練習

- **名詞＋かたがた**

  東京への出張かたがた、友人に会いに行きました。
  趁著去東京出差的機會，順便去見了朋友。

  挨拶かたがた、新しいプロジェクトについて相談しに来ました。
  來打聲招呼，順便討論新的專案。

  お礼かたがた、最近の近況を報告しに伺いました。
  來道謝的同時，順便也報告一下最近的情況。

お見舞いかたがた、
仕事の引き継ぎについて確認してきました。

趁著去探病的時候，也確認了工作交接事項。

◆ 進階跟讀挑戰

研究発表に参加かたがた、海外の学会へ出張することになりました。現地の研究者との交流を深めながら、最新の研究動向も把握できる貴重な機会です。滞在中は現地の研究施設の見学も予定しており、国際的な研究ネットワークの構築も期待できます。グローバル化が進む研究分野において、このような国際交流の機会は今後ますます重要になってくるでしょう。

　　藉著參加研究發表的機會，順道前往海外參加學術研討會。這是一個難得的機會，既能與當地研究人員加深交流，也能掌握最新的研究趨勢。在停留期間也預定參觀當地的研究設施，有望建立起國際研究網絡。在研究領域全球化的趨勢下，想必這種國際交流的機會將變得越來越重要。

08 〜かたわら
除了〜之外

◆ 文法解釋

表示在主要的活動、工作之外的空閒時間，會另外從事其他活動、工作。為偏向文章用語的生硬用法。

◆ 常見句型

❶ 名詞＋の＋かたわら

前接名詞，表示從事該活動、工作之餘，會另外做後方的動作。

❷ 動詞（辭書形）＋かたわら

前接動詞之用法，語意同上。

◆ 短句跟讀練習

❶ 名詞＋の＋かたわら

大学講師の**かたわら**、地元の伝統工芸を現代に伝える活動に情熱を注いでいます。

在擔任大學講師之餘，也熱衷於將當地傳統工藝傳承到現代的活動。

コーヒーショップ経営の**かたわら**、豆の原産地を訪ね歩く旅を年に一度楽しんでいます。

在經營咖啡店的同時，每年也會享受一次走訪咖啡豆原產地的旅行。

❷ 動詞（辭書形）＋かたわら

医師として働くかたわら、難民キャンプでの医療ボランティアを続けて10年になります。
一邊擔任醫生工作，一邊在難民營擔任醫療志工已經持續了10年。

プログラミングを学ぶかたわら、自分の子供たちにもコンピュータサイエンスの楽しさを教えています。
一邊學習程式設計，一邊也教導自己的孩子們電腦科學的樂趣。

◆ 進階跟讀挑戰

　　仏教僧院においては、修行に励むかたわら、地域住民の心の支えとなる活動も行われている。毎朝の読経や座禅指導のみならず、現代人の悩みに関する相談も受け付けられているところである。特に若い世代の心の問題については、伝統的な教えを現代的に解釈し直し、分かりやすく伝える工夫がなされている。このように、古来の智慧を守りながら、現代社会のニーズにも応えていく姿勢が求められている。

　　在佛教寺院裡，僧侶們除了專注於修行外，也扮演著支持當地居民心靈的角色。每天清晨不只有誦經和禪修指導，也提供現代人生活煩惱的諮詢服務。特別是針對年輕人的心理問題，他們努力將傳統教義轉化為容易理解的現代說法。如此一來，既能保存古老的智慧，也能回應現代社會的需求。

09 ～がてら
順便～

◆ 文法解釋

前接帶有動作性的名詞或動詞，後接帶有動作的句子，表示在做後方動作的同時，也順便做了前方動作之意。

◆ 常見句型

❶ 名詞＋がてら

接於帶有動作性質的名詞之後，表示做前方動作時，順便做後方動作。

❷ 動詞（ます形去掉ます）＋がてら

接於動詞後方，語意同上。

◆ 短句跟讀練習

❶ 名詞＋がてら

散歩がてら、近所の新しいカフェに立ち寄った。
出門散步時，順道去了附近新開的咖啡店。

ジョギングがてら、町の変化を観察するのが日課です。
慢跑時順便觀察城鎮的變化是我的日常習慣。

❷ 動詞（ます形去掉ます）＋がてら

電車に乗りがてら、次の会議の資料に目を通した。
坐電車時，順便瀏覽了下一個會議的資料。

本を読みがてら、重要なポイントに付箋を貼っていきました。
一邊看書，一邊順便在重點處貼上便利貼。

◆ 進階跟讀挑戰

休日の買い物がてら、久しぶりに街の散策を楽しむことにしました。新しくオープンしたカフェで一休みしながら、仕事の企画書も進めてみようと思います。最近は在宅勤務が増え、外出の機会が減少していましたが、時には街に出て気分転換をすることも大切だと感じています。こうして複数の用事を上手く組み合わせることで、時間を有効に使えると実感しています。

　　我決定趁著假日外出購物時，順便好好享受難得的城市漫步。我打算在新開的咖啡廳休息時，順便處理一下工作的企劃案。最近因為在家工作時間增加，外出的機會變少了，不過我覺得偶爾出門散散心也很重要。藉由這樣把幾件事情巧妙地結合在一起，讓我深刻體會到時間可以運用得更有效率。

10 〜からして
從〜來看

◆ 文法解釋

前接名詞，表示該事物為判斷的根據。除了「〜からして」以外，另有「〜からすると」、「〜からみて」、「〜からいって」等說法。

◆ 常見句型

- **名詞＋からして**

  前接名詞，表示該事物為後方判斷之根據。

◆ 短句跟讀練習

- **名詞＋からして**

会場の様子からして、予想以上に多くの人が集まったようです。

從會場的情況來看，來的人似乎比預期更多。

これまでの研究結果からすると、この治療法は効果があると考えられる。

從目前的研究結果來看，這種治療方法被認為是有效的。

長期的な視点からみて、今回の投資は賢明な判断だと思います。

從長遠眼光來看，這次的投資我認為是明智的決定。

科学的な観点からいって、
その理論には矛盾がある。

從科學的觀點來説，那個理論有矛盾之處。

◆ 進階跟讀挑戰

　近年の子どもたちの学習環境からして、従来の教育方法では不十分だと言えるでしょう。デジタル機器の普及により、情報収集の方法や思考のプロセスにも大きな変化が見られます。特に、一方的な知識の伝達ではなく、自ら考え、発信する力が重要視されています。このような教育現場の変化に対応するため、教師も新しい指導法を積極的に取り入れていく必要があります。

　從現今孩子們的學習環境來看，傳統的教育方式已經不合時宜了。隨著數位設備的普及，不論是搜尋資訊的方式還是思考模式都產生了很大的變化。現在特別重視的，並非單向的知識傳授，而是培養學生自主思考和表達的能力。為了配合教育現場的改變，老師也必須積極採用新的教學方法。

隨堂考①

❶ 請選擇最適合填入空格的文法

1. 過去の経験（＿＿＿）、新しいチャレンジは常に価値がある。
   1. がでら　　2. にかかって　3. にかかわらず　4. 以前

2. 健康（＿＿＿）仕事だから、無理はしないでください。
   1. につき　　2. あっての　　3. ながら　　　　4. だけ

3. 反応（＿＿＿）、提案はあまり好評ではなかったようだ。
   1. にもとづいて　　　　　2. にしろ
   3. からして　　　　　　　4. であれ

4. 普段は静かな彼女だが、（＿＿＿）驚くほど冷静に判断する。
   1. ただでさえ　　　　　　2. いざとなれば
   3. さながら　　　　　　　4. ひょっとしたら

5. 散歩（＿＿＿）、郵便物を出してきました。
   1. とはいえ　2. つつ　　　3. ながら　　　4. がてら

6. 手術（＿＿＿）医師から詳しい説明を受けたので、不安が和らぎました。
   1. 以前に　　2. ながらも　3. なり　　　　4. にわたり

7. （＿＿＿）引っ越すなら、思い切って断捨離してみたらどうだろう。
   1. とりわけ　2. しかるに　3. あえて　　　4. どっちみち

8. 挨拶（　　　）、新しい企画について説明させていただきます。

　　1. をもって　　2. かたがた　　3. をふまえ　　4. および

❷ 請選擇最適合填入空格的文法

　　私は二十年間勤めた会社を先月退職した。長年の仕事①（　　　）今の私なので、新しい環境に飛び込むことに少し不安があった。退職②（　　　）、私は次の進路について熟考していた。経済的な余裕もあるので、自分のやりたいことをやろうと決めた。そして、昔から興味のあったカフェを開くことにした。物件を探しに行き③（　　　）、成功している他のカフェも見学して回った。経営者の話を聞くと、場所④（　　　）成功の確率が大きく変わるという。そのアドバイスは非常に参考になった。先日、資金調達の目処が立った。⑤（　　　）、友人や家族の助けも借りられるだろう。まだ始まったばかりだが、この挑戦が新しい人生の第一歩になると感じている。

① 1. あっての　2. によらず　3. がてら　　4. でさえ

② 1. 最中　　　2. にあっては　3. に加えて　4. 以前

③ 1. ながらも　2. がてら　　3. かたわら　4. どころか

④ 1. ないし　　2. のみならず　3. ばかりか　4. いかんによっては

⑤ 1. なおさら　2. 思い切って　3. いざとなれば　4. どうやら

11 ～かれ～かれ
無論是～還是～

◆ 文法解釋

用於相對的兩個イ形容詞，表示「不論是哪個都…」之意。多為固定用法。

◆ 常見句型

- **イ形容詞（去掉い）＋かれ＋イ形容詞（去掉い）＋かれ**

  將イ形容詞的い去掉後，接上「かれ」，表示「不論是哪個都…」之意。

◆ 短句跟讀練習

- **イ形容詞（去掉い）＋かれ＋イ形容詞（去掉い）＋かれ**

  多かれ少なかれ、私たちの日常生活はデジタル技術に依存するようになっており、完全に切り離すことは難しい。
  或多或少，我們的日常生活已經非常依賴數位科技，很難完全切斷這種聯繫。

  良かれ悪しかれ、親の言動は子供の人格形成に大きな影響を与える。
  不管是好是壞，父母的言行對孩子的人格形成有很大的影響。

購入時期に左右されず、高かれ安かれ、その商品の本質的な価値を見極めることが重要である。

不受購買時機的影響，不論價格高低，重要的是看清商品的本質價值。

◆ 進階跟讀挑戰

遅かれ早かれ、環境問題への本格的な対策が求められる時代が来るでしょう。私たちの生活様式は大きな見直しを迫られ、特に使い捨てプラスチックの削減は喫緊の課題となっています。企業も環境に配慮した製品開発や製造過程の改善に取り組み始めており、消費者の意識も徐々に変化してきています。

我們遲早會迎接必須正視環保問題的時代。我們的生活方式將面臨重大改變，尤其是減少使用拋棄式塑膠製品更是刻不容緩。企業開始投入環保產品的開發和改善製造流程，消費者的環保意識也在逐漸提升。

12 ～か否か
是否～

◆ 文法解釋

表示「無論是…還是不是…」之意，語意與「～かどうか」、「するかしないか」相同，是相當生硬的用法，常用於書面用語或正式場合。

◆ 常見句型

❶ 動詞＋か否か

接於動詞句之後，表示「不論是否做該事情」之意。

❷ イ形容詞＋か否か

接於イ形容詞句之後，表示「不論是否處於該狀態」之意。

❷ ナ形容詞＋（である）＋か否か

接於ナ形容詞句之後，語意同上。

❸ 名詞＋（である）＋か否か

接於名詞句之後，語意同上。

◆ 短句跟讀練習

❶ 動詞＋か否か

当該提案を採択するか否かにつきましては、理事会の決議を待たれたい。

關於是否採納該提案，敬請等待理事會的決議。

❷ イ形容詞＋か否か

現行制度が望ましいか否かについては、広範な議論を要す

る事項と考えられる。

關於現行制度是否理想，普偏認為是需要廣泛討論的事項。

❸ ナ形容詞＋（である）＋か否か

提出された証拠が十分であるか否かを法廷において精査する必要があります。

所提交的證據是否充分，有必要在法庭上詳細審查。

❹ 名詞＋（である）＋か否か

当該製品が模倣品であるか否かを専門機関による鑑定に委ねる次第である。

該產品是否為仿冒品，將委託給專業機構鑑定。

✪ 進階跟讀挑戰

大学院に進学するか否か、今の私にとって大きな悩みとなっています。研究を続けることで将来の可能性が広がる一方、就職を遅らせることへの不安も大きいです。特に、経済的な面と研究テーマへの適性を慎重に考える必要があります。両親は私の決定を支持してくれていますが、将来の生活設計を考えると、簡単には決断できません。今は、先輩や教授の方々に相談しながら、自分の進むべき道を探っているところです。

是否要繼續讀研究所，是現在非常令我煩惱的一件事。雖然繼續研究可以開拓更多未來的可能性，但延後就業也讓我感到相當不安。特別是在經濟層面和研究主題的適性上，都需要慎重考慮。雖然父母支持我的決定，但一想到未來的生活規劃，就無法輕易做出決定。現在我正在諮詢學長姐和教授們的意見，摸索著自己該走的道路。

13 ～が～だけに

正因為～

◆ 文法解釋

重覆同樣的名詞兩次，表示「從該事物所擁有的特質來說，這是理所當然的」之意。

◆ 常見句型

- 名詞＋が＋名詞＋だけに

重覆同樣的名詞兩次，表示「從該事物所擁有的特質來說，這是理所當然」之意。後接一句子，表示說明該事物理所當然的特質為何。

◆ 短句跟讀練習

- 名詞＋が＋名詞＋だけに

この論文は、筆者が筆者だけに、学術界に大きな波紋を投げかけた。

這篇論文因為作者的身分，所以在學術界引起了巨大的波瀾。

彼の音楽は、ジャンルがジャンルだけに、商業的な成功よりも芸術的評価を重視する傾向がある。

他的音樂因為類型的關係，比起商業成功更傾向於重視藝術評價。

京都の旅館は、季節が季節だけに予約がなかなか取れない。

京都的旅館因為季節的關係，所以很難預訂。

彼の講演は、内容が内容だけに、専門知識がない一般の聴衆には少々難解だったようだ。

他的演講因為內容本身的特性，對沒有專業知識的一般聽眾來說似乎有些難以理解。

◆ 進階跟讀挑戰

　　場所が場所だけに、この図書館は週末になると必ず混雑します。静かな住宅街にあり、最寄り駅からも近く、広々とした学習スペースも完備しています。エアコンや照明の設備も整っており、多くの学生が勉強場所として利用しています。特に定期試験や受験シーズンには早朝から行列ができ、席の確保が難しくなるほどの人気です。

　　因為地理位置良好，這間圖書館每到週末必定會很擁擠。它位於寧靜的住宅區，離最近的車站也很近，還有寬敞的自習空間，空調和照明設備也很完善，許多學生都把這裡當作讀書的地方。特別是在期中、期末考和升學考試的季節，常常一大早就大排長龍，一位難求。

14 かろうじて〜
勉強〜 / 好不容易〜 / 僅僅〜

◆ 文法解釋

此為副詞性用法，用以表示「勉強」、「好不容易」、「幾乎不能」之意。帶有伴隨著巨大的困難及勞力所維持的最低限度之語感。

◆ 常見句型

- **かろうじて＋句子**

  後接句子，表示為了達成該動作或狀態，而伴隨著巨大的困難或勞力，才僅僅維持了最低限度。

◆ 短句跟讀練習

- **かろうじて＋句子**

  試験の合格点は60点で、彼は63点でかろうじて合格した。
  考試的及格分數是60分，他得了63分，勉強及格。

  部屋は狭いが、かろうじて二人で住める広さです。
  房間雖小，但勉強能住下兩個人。

  緊急措置を講じたことで、会社の信用はかろうじて保たれた。
  由於採取了緊急措施，公司的信譽勉強得以保全。

世論調査によると、現政権の支持率は**かろうじて**過半数を維持している。

根據民調，現政府的支持率勉強維持過半數。

◆ 進階跟讀挑戰

　　山間部を襲った豪雨災害。土砂崩れで集落は孤立し、住民たちは廃校で避難生活を送った。電気も水道も途絶え、食料も乏しくなる中、村人たちは助け合った。四日目の夕方、**かろうじて**残った無線機から救援隊の声が届いた。その瞬間、諦めかけていた村人たちの顔に希望の光が戻った。「必ず乗り越えられる」という思いが、皆の心に芽生え始めた。

　　山區遭遇了豪雨災害。因為土石流，村落與外界隔絕，居民們只能在廢棄的學校裡避難。在沒有電力和自來水，糧食也漸漸不足的情況下，村民們互相幫助。第四天傍晚，從好不容易保存下來的無線電中傳來了救援隊的聲音。那一刻，幾乎要放棄的村民們臉上重現希望的光芒。「一定能夠度過難關」的信念，開始在大家心中萌芽。

15 ～かと思いきや
本以為～

◆ 文法解釋

前接句子，表示「一般情況下理應如此，但是出乎意料之外」之意。

◆ 常見句型

- 普通形句子＋かと思いきや

前接句子表示「一般情況下理應如此」，後接句子則表示「出乎意料之外」的結果。

◆ 短句跟讀練習

- 普通形句子＋かと思いきや

この映画は退屈だろうかと思いきや、最後まで目が離せないほど面白かった。
本以為這部電影會很無聊，沒想到有趣到讓人目不轉睛看到最後。

仕事が早く終わるかと思いきや、急な会議が入って残業になった。
本以為可以早點下班，沒想到突然有緊急會議而必須加班。

彼は落選するかと思いきや、最後の集計で逆転して当選した。
本來以為他會落選，沒想到在最後的計票時卻逆轉當選了。

景気が回復に向かうかと思いきや、予想外の国際情勢の悪化により再び低迷期に入った。

本以為經濟將朝復甦方向發展，沒想到卻因國際情勢的意外惡化而再次陷入低迷。

◇ 進階跟讀挑戰

梅雨が明けて暑い夏が始まるかと思いきや、今年は異常気象で気温が上がらない日が続いている。例年なら冷房の使用が欠かせない時期だが、半袖でも肌寒く感じる日もある。気象庁によると、この状況はしばらく続く見込みとのことで、農作物への影響も懸念されている。観光業界でも、夏のレジャー施設の来場者数に影響が出始めているようだ。

本以為梅雨季結束後就要進入炎熱的夏天，沒想到今年卻因為氣候異常，連續好幾天氣溫都偏低。往年這個時候冷氣都是必備的，但現在穿短袖有時反而會覺得有點冷。根據氣象局表示，這種天氣型態可能會持續好一段時間，不禁令人擔心農作物是否也會受到影響。觀光業方面，夏季遊樂設施的遊客人數似乎也開始出現遊客減少的情況。

16 ～が早いか
剛一～就～

◆ 文法解釋

前接動詞，表示前方動作發生的同時，後方動作也同時發生之意，是較為生硬的文章用語。

◆ 常見句型

- 動詞（辭書形）＋が早いか

前接動詞辭書形，後接另一動詞句，表示前方動詞句的動作發生的同時，後方動詞句的動作也發生。

◆ 短句跟讀練習

- 動詞（辭書形）＋が早いか

帰宅するが早いか、突如として激しい雷鳴が響き渡った。
才剛踏入家門，突然間雷聲四起。

彼女が姿を現すが早いか、場の空気が一変した。
她才剛現身，現場的氣氛就立刻變了。

株式市場が開くが早いか、大幅な株価の下落が見られた。
股市一開盤，便出現大幅度的股價下跌。

太陽が地平線に沈むが早いか、街の灯りが次々と点り始めた。

太陽剛一落入地平線，城市的燈光便陸續亮了起來。

◆ 進階跟讀挑戰

試合終了のホイッスルが鳴るが早いか、スタジアム全体が歓喜に包まれました。長年待ち望んでいた優勝を果たした瞬間、選手たちは涙を流しながら喜びを分かち合い、ファンたちも興奮の渦に巻き込まれていきました。特に若手選手たちは、ベテラン選手への感謝の気持ちを伝えながら、グラウンドを何周も駆け回っていました。チーム一丸となって掴んだ優勝は、この町に新しい歴史を刻むことになりました。

比賽結束的哨音一響起，整個球場立刻沸騰在歡樂的氣氛中。在終於奪得這個期待已久的冠軍那一刻，選手們流著淚彼此分享喜悅，球迷們也都陷入瘋狂的氣氛中。年輕選手們一邊向資深選手們表達感謝之意，一邊在球場上興奮地繞場慶祝。這次靠著團隊合作所奪下的冠軍，將在這座城市的歷史上留下新的一頁。

17 〜からある／〜からする／〜からの

從〜開始的

◆ 文法解釋

前接數量詞，表示「超過該數量」之意。

◆ 常見句型

- **數量詞＋からある／からする／からの**

　　前接數量詞，表示「超過該數量」之意。帶有說話者覺得數量非常大的語感在，為較為正式的口語用法。

◆ 短句跟讀練習

❶ 數量詞＋からある

その博物館には1000点からある貴重な美術品が展示されている。

那間博物館展示著超過1000件珍貴的藝術品。

❷ 數量詞＋からする

あの地域の土地は1坪が50万円からする高額物件ばかりです。

那個地區的土地都是每坪超過50萬日圓的高價物件。

❸ 数量詞＋からの

この試合には5万人からの観客が集まった。
這場比賽聚集了超過5萬名觀眾。

◆ 進階跟讀挑戰

近年、高級腕時計の需要が高まっており、100万円からする商品が人気を集めている。特に若い世代の間で、投資目的での購入も増えているようだ。中古市場でも50万円からする時計が品薄状態で、さらなる価格上昇が予想されている。一方、入門モデルとして20万円からする商品も存在するが、品質や機能面での違いが大きく、多くの購入者は価格が高くても本格的なモデルを選ぶ傾向にあるようだ。

　　近年來高級手錶的需求不斷攀升，動輒百萬日圓起跳的商品都非常搶手，特別是在年輕族群中，似乎越來越多人為了投資而購買。二手市場上，就連五十萬日圓起跳的手錶都供不應求，而且預計價格還會繼續上漲。雖然也有二十萬日圓起跳的入門款，但因為在品質和功能上相差甚遠，許多買家似乎寧願多花錢購買較高級的款式。

18 かつてない～
前所未有的～/史無前例的～

◆ 文法解釋

此為副詞「かつて（曾經、以前）」加上否定的用法，強調某事物或經驗在過去不曾出現過，表示「前所未有」、「史無前列」之意。屬於較為生硬的書面用語，在語感上則為較為冷靜、客觀的描述。

◆ 常見句型

❶ かつて＋ない＋名詞

此為「かつて＋ない」結合修飾後方名詞的用法，用法類似形容詞，表示後接名詞為不過出現過之事物。

❷ かつて＋否定句

此為「かつて」修飾後方否定句之用法，表示後接動作、狀態不曾發生過。

◆ 短句跟讀練習

❶ かつて＋ない＋名詞

今回の改革はかつてない変化を社会にもたらすだろう。
這次改革將為社會帶來前所未有的變化。

日本経済はかつてない不況に直面している。
日本經濟正面臨前所未有的不景氣。

❷ かつて＋否定句

彼女はかつて想像もできなかったほどの成功を収めた。
她獲得了自己不曾想像過的成功。

かつて見たこともないほど壮大な景色が広がっていた。
出現在眼前的是從未見過的壯麗景色。

◆ 進階跟讀挑戰

近年、世界はかつてない規模の気候変動に直面しています。海面の上昇、異常気象の頻発、生態系の崩壊など、従来の予測を超える現象が次々に起きており、それに伴う社会的・経済的影響もこれまでにないほど深刻になっています。各国政府や国際機関は、前例のない協力体制を築きながら、持続可能な未来の実現に向けて懸命に取り組んでいますが、果たしてそれが間に合うのかという懸念も根強く残っています。

　　近年來，世界正面臨前所未有規模的氣候變遷。海平面上升、異常氣候頻繁、生態系統崩壞等，接連發生的現象已超越了過去的預測，伴隨而來的社會與經濟影響也顯得前所未有地嚴重。各國政府與國際機構正建立史無前例的合作體系，努力邁向永續的未來，但是否來得及，依然令人憂心。

19 ～きっての
最～的

◆ 文法解釋

接於表示地區、場所、團體等的名詞之後，表示範圍。後接第二個名詞。表示第二個名詞為第一個場所名詞的範圍當中「最…」的事物。

◆ 常見句型

- **名詞＋きっての**

接於表地區、場所的名詞之後，後接第二個名詞。表示第二個名詞為第一個名詞的範圍當中「最…」的事物。

◆ 短句跟讀練習

- **名詞＋きっての**

この大学は国内きっての研究機関として名高い。
這所大學作為國內頂尖的研究機構而聞名。

彼は国きっての政治評論家として各メディアから引っ張りだこです。
他作為國內頂尖的政治評論家，受到各媒體的爭相邀請。

田中教授は大学きっての人気講師です。
田中教授是大學中最受歡迎的講師。

このレストランは地元きっての人気店で予約が取りにくい。

這家餐廳是當地最受歡迎的店家，很難預約。

◆ 進階跟讀挑戰

この古城には、年間を通じて多くの観光客が訪れています。特に桜の季節は、日本きっての花見スポットとして人気を集め、国内外から写真愛好家が集まります。城内には歴史資料館も併設され、重要な文化施設としても親しまれています。最近では夜間のライトアップも実施され、幻想的な夜景を楽しめるスポットとしても注目を集めています。

這座古城一年四季都吸引著許多觀光客造訪。特別是在櫻花季，作為日本數一數二的賞櫻景點倍受歡迎，總是吸引許多國內外的攝影愛好者慕名而來。城內還設有歷史資料館，也是深受歡迎的重要文化設施。最近還開始實施夜間點燈活動，作為能欣賞夢幻夜景的景點也相當受到矚目。

20 ～気取り
假裝成～

◆ 文法解釋

接於名詞之後，表示「假裝成某人」或「假裝在做某事」之意。

◆ 常見句型

- 名詞＋気取り

接於名詞之後，表示「假裝成某人」或「假裝在做某事」之意。多用於負面評價時。

◆ 短句跟讀練習

- 名詞＋気取り

佐藤さんは学者気取りで難しい言葉ばかり使っている。
佐藤總是假裝學者，使用艱深的詞彙。

あの人はいつも専門家気取りで話をするので、周りの人は疲れている。
那個人講話時總是以專家自居，令周圍的人都感到疲倦。

文芸評論家気取りの彼女の批評は、実際には表層的な分析に留まっていることが多い。
她那裝作文學評論家的批評，實際上往往僅止於表面的分析。

天才気取りで、人を見下す彼女は嫌われていた。

她總是一副天才模樣瞧不起人，很不受歡迎。

◆ 進階跟讀挑戰

最近の若者の間で、カフェでパソコンを開いて仕事気取りの行動が流行っています。実際にはSNSを見ているだけなのに、わざと忙しそうな表情を作っている人も少なくありません。周りの目を気にして、大人びた振る舞いをする学生が増えているようです。中でも休日のカフェでは、レポート作成のふりをしながら、実は動画を見ている学生の姿がよく見られます。このような見栄を張る行動は、SNSの影響もあるのかもしれません。

近來年輕人之間流行在咖啡廳打開筆電假裝在工作，不少人明明只是在看社群網站，卻刻意裝出一副很忙的樣子。越來越多學生為了顧及別人的眼光，刻意表現出一副成熟的樣子。假日的咖啡廳裡，時常可以看到一些學生假裝在寫報告，實際上卻在看影片，這種愛面子的行為，或許也是受到社群網站的影響吧。

隨堂考②

❶ 請選擇最適合填入空格的文法

1. デジタル技術の発展により、（　　　）規模と速度で情報が世界中を駆け巡るようになった。
   1. そっけない　2. したわしい　3. まわりくどい　4. かつてない

2. 長時間の手術の末、医師たちは（　　　）患者の命を救うことができた。
   1. もはや　　　2. なるたけ　　3. かろうじて　　4. たいがい

3. 何も知らないくせに評論家（　　　）で批評する態度には、誰もが辟易している。
   1. ぎみ　　　　2. 気取り　　　3. ばかり　　　　4. ないし

4. 梅雨が明ける（　　　）、連日の猛暑が続き、熱中症患者が急増した。
   1. のみならず　2. ところを　　3. に際して　　　4. が早いか

5. 創立以来50年（　　　）歴史を振り返る特別展示会が、来月から開催される予定だ。
   1. とともに　　2. につれて　　3. しだい　　　　4. からの

6. ストレスの多い現代社会では、（　　　）誰もが精神的な疲労を抱えているものだ。
   1. 多かれ少なかれ　　　　2. まさに
   3. なんとはなしに　　　　4. そもそも

7. ベテランがベテラン（＿＿＿）、初心者には思いつかないような解決策を提案した。
   1. ばかりに　　2. だけに　　3. ずくめ　　4. あっての

8. 交渉は難航する（＿＿＿）、予想外にもすんなりと合意に達した。
   1. のみならず　2. んがため　3. かと思いきや　4. にしても

❷ 請選擇最適合填入空格的文法

先週末、急に休みが取れたので、友人と一緒に近郊の温泉地に行くことにした。この地域①（＿＿＿）人気スポットだけに、予約が取れる②（＿＿＿）心配だったが、キャンセルが出たおかげで③（＿＿＿）宿を確保できた。電車を降りて旅館に向かう途中、突然空が暗くなり、雨が降り始めた。傘を持ってきた④（＿＿＿）、朝の慌ただしさで忘れてしまっていた。仕方なくコンビニに駆け込んで傘を買い、再び歩き始めると、雨が上がる⑤（＿＿＿）、空には美しい虹が架かっていた。

① 1.というと　　2.きっての　　3.つつも　　4.しだい

② 1.ばかりか　　2.っぱなし　　3.っこない　　4.か否か

③ 1.はたして　　2.なんなりと　3.かろうじて　4.道理で

④ 1.かと思いきや　2.とたん　　3.というもの　4.となると

⑤ 1.からには　　2.やいなや　　3.が早いか　　4.ものなら

21 ～極まる
極其～

◆ 文法解釋

接於形容詞之後，表示「達到了極致或頂點」之意，是較為正式、生硬的書面用語。另有「～極まりない」的說法，兩者意思相同。

◆ 常見句型

❶ ナ形容詞＋極まる

接於ナ形容詞之後，表示達到極至之意。

❷ イ形容詞＋こと＋極まる

接於イ形容詞之後，語意同上。

◆ 短句跟讀練習

❶ ナ形容詞＋極まる

その記事は不適切極まる内容で批判を浴びた。

那篇文章因內容非常不恰當而受到批評。

彼の態度は冷静極まるもので、皆を安心させた。

他的態度冷靜至極，讓大家安心。

❷ イ形容詞＋こと＋極まる

その実験結果は興味深いこと極まる発見をもたらした。

那個實驗結果帶來了極其有趣的發現。

社会情勢は厳しいこと極まる状況に陥り、政府は緊急対策を講じざるを得なかった。

社會情勢陷入嚴峻至極的狀況，政府不得不採取緊急對策。

◆ 進階跟讀挑戰

久しぶりに訪れた実家では、懐かしい光景が広がっていた。幼い頃に植えた木々は今や立派に成長し、母の手料理は相変わらず絶品だった。夕食後の家族との時間は温かい雰囲気に包まれ、都会の喧騒を忘れさせてくれた。忙しい日常から離れ、実家で過ごした一日は、心の洗濯となった。その幸福感は至福極まるものであり、原点に戻ることの大切さを改めて実感した。

久違返鄉，映入眼簾的是充滿懷念的景象。小時候種植的樹木如今已長得十分茂盛，母親做的菜餚依然美味可口。與家人共度的晚餐時光，讓人沉浸在溫暖的氣氛中，忘卻了都市的喧囂。遠離忙碌的日常生活，在老家度過的這一天，宛如洗滌了心靈。這種幸福感極其圓滿，讓我重新體悟到回歸原點的重要性。

22 ～きらいがある
有～的傾向

◆ 文法解釋

表示「帶有某種傾向」、「容易…」之意。多用於負面情況。

◆ 常見句型

❶ 名詞＋の＋きらいがある

前接名詞，表示「帶有該傾向」或是「容易發生該狀況」之意。多為書面用語。

❷ 動詞（辭書形）＋きらいがある

前接動詞，語意同上。

◆ 短句跟讀練習

❶ 名詞＋の＋きらいがある

この新（あたら）しいスマホは操作（そうさ）複雑（ふくざつ）のきらいがあるが、慣（な）れてしまえば非常（ひじょう）に便利（べんり）です。

這款新智慧型手機有操作複雜的傾向，但習慣了之後非常便利。

田中（たなか）さんの性格（せいかく）は優柔不断（ゆうじゅうふだん）のきらいがあるため、重要（じゅうよう）な決断（けつだん）をする際（さい）には周囲（しゅうい）からの後押（あとお）しが必要（ひつよう）だ。

田中的性格有優柔寡斷的傾向，因此在做重要決定時需要周遭他人的推動。

70

❷ 動詞（辭書形）＋嫌いがある

山本部長は部下の意見を無視するきらいがあり、チーム内の不満が高まっている。

山本部長經常會忽視部下的意見，團隊內不滿的聲音正在增加當中。

彼の論文は引用を多用するきらいがあるため、独自の見解が希薄であると批評家から指摘された。

他的論文有過度引用的傾向，因此被評論家指出缺乏獨到見解。

◆ 進階跟讀挑戰

兄は几帳面な性格だが、仕事に没頭するあまり、周囲への配慮を忘れるきらいがある。先日も締め切りに追われ、家族の誕生日パーティーを欠席してしまった。彼の仕事への真摯な姿勢は多くの人に認められているが、長時間労働による健康への影響が心配だ。疲労が蓄積されると、判断力が低下するきらいがあるからだ。兄に休息の大切さを伝えたいと思っている。

　我的哥哥雖然個性一絲不苟，但因為太專注於工作，經常會忽略周遭。前些日子也因為趕著截止日期，沒參加家人的生日聚會。雖然他對工作的認真態度受到許多人的肯定，但我擔心長時間工作對他健康的影響。因為當疲勞累積時，容易導致判斷力下降。我想讓哥哥知道休息的重要性。

23 〜きりがない
〜沒有盡頭

◆ 文法解釋

接於動作之後，表示某動作或狀態一旦開始，就會無限制地持續下去，強調沒有終點的狀態。

◆ 常見句型

❶ 動詞（たら形）＋きりがない

接於表示條件的「たら形」之後，表示該動作一旦發生，就會一直持續下去，沒有盡頭。

❷ 動詞（ば形）＋きりがない

接於表示條件的「ば形」之後，語意同上。

❸ 動詞（辭書形）＋と＋きりがない

接於表示條件的「と」之後，語意同上。

◆ 短句跟讀練習

❶ 動詞（たら形）＋きりがない

子供の頃の思い出を語ったらきりがない。
如果談起童年的回憶，可真是多到講不完。

❷ 動詞（ば形）＋きりがない

東京の観光スポットを探せばきりがないので、今回の旅行は有名な場所だけを訪れることにした。

如果要尋找東京的觀光景點可是多到數不清，所以這次旅行決定只去有名的地方。

❸ 動詞（辭書形）＋と＋きりがない

SNSを見るときりがないから、勉強中はスマホを別の部屋に置いておく。

一旦開始看起社群網站就停不下來，所以讀書時把手機放在別的房間。

◆ 進階跟讀挑戰

日本のコンビニおにぎりは現代人の味方だ。種類を挙げるときりがないほど、バリエーションが豊富で魅力的。手頃な価格と手軽さで、朝食や昼食、夜食にも最適。定番から季節限定まで、いつも新しい発見がある。小さな三角形に詰まった日本の食文化は、忙しい日常に幸せを届けてくれる。

　　日本的超商御飯糰是現代人的好夥伴。品項多到說不完，種類豐富且極具吸引力。價格實惠又方便，適合當早餐、午餐，甚至是宵夜。從經典口味到季節限定，總能帶來各種新的發現。這小小三角形裡包含的日本飲食文化，能為忙碌的日常生活帶來幸福。

24 ～ごとき
像～一樣的

◆ 文法解釋

此用法為古文的助動詞「ごとし」變化而來，常用於文學作品、論文、格言當中。此為連體形用法，用以修飾後方名詞，語意和「ような」相同，中譯為「如同…」、「像…一樣」。

◆ 常見句型

- **名詞1＋ごとき＋名詞2**

  前接名詞1，後接名詞2，表示「如同名詞1一般的名詞2」之意。

◆ 短句跟讀練習

- **名詞1＋ごとき＋名詞2**

  彼(かれ)の作品(さくひん)には神秘(しんぴ)ごとき美(び)が宿(やど)っている。
  他的作品中蘊含著如神秘般的美。

  暴風雨(ぼうふうう)ごとき試練(しれん)が彼(かれ)の前(まえ)に立(た)ちふさがった。
  如暴風雨般的考驗阻擋在他的面前。

  太古(たいこ)ごとき静寂(せいじゃく)が森(もり)を包(つつ)み込(こ)んでいる。
  如太古般的靜謐籠罩著森林。

その旋律は天籟ごとき美しさを持ち、
聴く者の心を揺さぶった。

那旋律擁有如天籟般的美麗，震撼著聆聽者的心靈。

◆ 進階跟讀挑戰

　　私が十代の頃、厳しい剣道の師匠がいた。当時は恐ろしい存在に思えた彼だが、今思えば人生の大切な導き手だった。練習中、師匠は常に「剣道は単なる技術ではない」と言っていた。剣を持つ者は、風ごとき静けさと、雷ごとき瞬発力を兼ね備えるべきだと教わった。あれから二十年、私も道場を開き、弟子たちに教えている。時に厳しい言葉を投げかけると、かつての自分の姿を思い出させる弟子の表情がある。そんな時、師匠の真意を改めて理解する。

　　在我十多歲的時候，有位嚴格的劍道師父，當時覺得他非常可怕，但現在回想起來，他是人生中重要的引路人。練習時，師父總是說：「劍道不僅僅是技術。」他教導我們，持劍之人應同時具備如風般的寧靜，和如雷般的爆發力。二十年後的今天，我也開設了道場，指導著學生。有時當我說出嚴厲的話語時，看到學生的表情會讓我想起當年的自己。這時，會讓我再次理解師父的真意。

25 ～ごとく／ごとし
如同～

◆ 文法解釋

此為古文的助動詞「ことし」所變化而來的用法，常用於文學作品、論文、格言當中。其中「ごとし」為終止形，用於句尾，用法如同現代文的「ようだ」；而「ごとく」則為連用形，用於修飾後方的動詞或形容詞，用法如同現代文的「ように」。中譯為「如同…」、「像…一樣」。

◆ 常見句型

❶ 名詞＋の／であるが／であるかの＋ごとし

接於名詞之後，表示雖然事實上並非如此，但卻如同該事物一般之意。

❷ 名詞＋の／であるが／であるかの＋ごとく＋動詞句／形容詞句

接於名詞之後，後接動詞句或形容詞形句，表示雖然事實上並非如此，但卻如同該事物一般的性質或動作。

◆ 短句跟讀練習

❶ 名詞＋の／であるが／であるかの＋ごとし

厳しい冬を耐え抜いた後に訪れる春の息吹は、長き眠りから目覚める大地の生命力のごとし。

經歷嚴冬後到來的春天氣息，如同從長眠中甦醒的大地生命力。

❷ 名詞+の／であるが／であるかの+ごとく+動詞句／形容詞句

広大な宇宙の中で、地球はただの小さな青い点であるかのごとく儚く見え、その光景は私たちに謙虚さと畏敬の念を抱かせる。

在廣闊的宇宙當中，地球宛如一個小小的藍點般顯得渺小，那景象使我們懷抱謙遜與敬畏之心。

山間の清流は岩々の間を縫うように流れ、生命の源であるかのごとく周囲の自然に潤いと活力を与えている。

山間的清流彷彿穿梭在岩石間流動，宛如生命之源般給予周圍自然滋潤與活力。

◆ 進階跟讀挑戰

人は皆、人生という長い道を歩んでいる。喜びの日もあれば悲しみの時もある。若き日の情熱は燃える炎のごとく激しく、心を突き動かす。時には道に迷うこともあるが、友人や家族の支えがあれば再び前に進める。困難を乗り越え、経験を積み重ねていくうちに、少しずつ自分だけの道が見えてくる。最後に振り返ったとき、美しい思い出で彩られた旅であってほしい。

每個人皆行走於那名為人生的漫漫長路。有繁花盛開的歡樂時光，亦有黯然神傷的落寞時刻。青春的熱情恍若熊熊烈焰，激烈地撼動著心靈深處。途中或有迷途的彷徨，然而友人與親族的扶持，終能助我們重拾前行的勇氣。跨越重重險阻，積累點滴體悟，漸漸地，那專屬於自身的道路開始在霧中顯現。願當我們回首凝望時，眼前展現的是一段以美麗回憶交織而成的絢爛旅程。

26 この上（うえ）なく～
無比地～

◆ 文法解釋

此為副詞性用法，後接其修飾的句子，用以表示某狀態或情感達到了極致，沒有其他事物可以超越之意。

◆ 常見句型

- この上（うえ）なく＋句子

修飾後面的句子，表示某狀態或情感達到了極致，沒有其他事物可以超越之意。

◆ 短句跟讀練習

- この上（うえ）なく＋句子

彼女（かのじょ）の演奏（えんそう）はこの上（うえ）なく繊細（せんさい）で、聴衆（ちょうしゅう）を魅了（みりょう）した。
她的演奏無比細膩，吸引了觀眾。

夜空（よぞら）に広（ひろ）がる星々（ほしぼし）の光景（こうけい）は、この上（うえ）なく神秘的（しんぴてき）だった。
滿佈夜空的星星景象無比神秘。

幼（おさな）い頃（ころ）に経験（けいけん）した挫折（ざせつ）は、この上（うえ）なく貴重（きちょう）な人生（じんせい）の糧（かて）となった。
童年時期經歷的挫折，成為了無比寶貴的人生養分。

彼の論文はこの上なく緻密な分析に基づいており、学術界に新たな視座をもたらした。
他的論文建立在無比精密的分析之上，為學術界帶來了新的視角。

◆ 進階跟讀挑戰

夏の終わりが近づく頃、この上なく美しい夕暮れが訪れた。赤く染まる空を背景に、木々のシルエットが浮かび上がる。遠くから聞こえる蝉の声も、いつもより物悲しげだ。窓辺に座り、風鈴の音色に耳を傾けながら、私は今年の夏を振り返る。様々な出来事があったが、どれもこの上なく貴重な思い出となった。そして、季節の移ろいを感じつつも、来る秋への期待がじわじわと湧いてくる。自然の循環は人の心を癒す。

夏末將近時，一個無比美麗的黃昏來臨。在染紅的天空襯托下，樹木的剪影浮現出來。遠處傳來的蟬鳴，也比平時更加哀愁。坐在窗邊，傾聽風鈴的聲響，我回顧著今年的夏天。雖然經歷了許多事，但全都成為了無比珍貴的回憶。感受著季節的變遷，對即將到來的秋天的期待也慢慢湧現。大自然的循環撫慰著人心。

27 〜ことだし
因為〜

◆ 文法解釋

表示原因、理由。使用上和「し」類似，在眾多原因、理由當中提出一、兩項，用以表示判斷、決定、意志、希望等的原因、理由。為口語用法。

◆ 常見句型

❶ 名詞＋である＋ことだし
接於名詞後方，表示該名詞為原因、理由。

❷ イ形容詞普通形＋ことだし
接於イ形容詞後方，用法同上。

❸ ナ形容詞＋な／である＋ことだし
接於ナ形容詞後方，用法同上。

❹ 動詞普通形＋ことだし
接於動詞普通形後方，用法同上。

◆ 短句跟讀練習

❶ 名詞＋の＋ことだし
彼は医療分野の専門家のことだし、この難しい症例についても適切な判断ができるでしょう。
他是醫療領域的專家，所以對於這個困難的病例也能做出適當的判斷吧。

❷ イ形容詞普通形＋ことだし

現在の経済状況が厳しいことだし、投資計画は一度見直したほうがいいかもしれません。

目前的經濟狀況嚴峻，所以投資計劃或許應該重新審視一次。

❸ ナ形容詞＋な＋ことだし

今回のプロジェクトは重要なことだし、最高の人材を集めるべきではないでしょうか。

這次的專案很重要，所以是否應該集結最優秀的人才呢？

❹ 動詞普通形＋ことだし

彼女が国際的な賞を受賞したことだし、今後の活躍にも期待が高まっています。

她獲得了國際獎項，所以對她今後的活躍也有很高的期待。

◆ 進階跟讀挑戰

　昨日、友人から評判の新作ゲームを勧められた。ちょうど休日のことだし、早速購入してプレイしてみた。起動すると、美しいグラフィックに目を奪われる。オープンワールドで自由に冒険できるタイプのゲームだ。キャラクターを作成し、操作に慣れるまで時間がかかったが、すぐに世界観に引き込まれた。ストーリーが面白いことだし、気づけば夜中まで遊んでいた。

　昨天朋友推薦了一款好評如潮的新遊戲。由於剛好是假日，我就馬上買來玩看看。一啟動，那精美的畫面就讓我驚豔不已。這是款可以在開放世界自由冒險的遊戲。創建角色後，花了點時間熟悉操作，不過很快就沉浸在遊戲世界裡了。故事情節相當引人入勝，不知不覺就玩到了半夜。

28 〜ことのないように
為了不讓〜發生

◆ 文法解釋

表示為了預防某件壞事發生，因此採取某對策或措施之意。

◆ 常見句型

- 動詞（辭書形）＋ことのないように

  前接帶有負面含義之動詞，表示為了不讓該動作或事件發生，後接某句子，表示為了不讓該壞事發生所採取的對策或措施之意。

◆ 短句跟讀練習

- 動詞（辭書形）＋ことのないように

個人情報が漏洩することのないように、セキュリティ対策を強化します。
為了防止個人資訊洩漏，我們將加強安全對策。

再び景気が悪化することのないように、政府は適切な経済政策を実施すべきだ。
為了避免經濟再次惡化，政府應該實施適當的經濟政策。

健康を害することのないように、規則正しい生活を心がけている。
為了不損害健康，我努力維持規律的生活。

生徒が授業についていけなくなる
ことのないように、補習クラスを設けています。
為了避免學生跟不上課業，設立了課後加強輔導班。

◆ 進階跟讀挑戰

　急速な高齢化社会において、孤独な高齢者が地域から孤立することのないように、我が市では「ふれあい見守りネットワーク」を構築した。このシステムでは、民生委員や地域ボランティアが定期的に高齢者宅を訪問し、生活状況を確認している。また、ICT技術を活用した見守りサービスも導入し、異変があれば即座に対応できる体制を整えた。今後も地域全体で支え合う仕組みを強化していく予定である。

　在急速高齡化的社會中，為了避免獨居老人與社區隔絕，本市設立了「關懷守望網絡」。在這個系統中，民生委員和地區志工定期拜訪老人家，確認他們的生活狀況。此外，我們也導入了運用資訊通訊技術的守望服務，建立了一旦發現異常就能立即應對的體制。未來我們也計劃加強整個社區互相支援的機制。

29 〜こともあって
因為有這樣的情況

◆ 文法解釋

表示在眾多原因、理由當中，提出其中一項來說明，後接句子表示其結果。

◆ 常見句型

❶ 動詞（普通形）＋こともあって

前接動詞普通形，表示原因，後接句子表示結果。

❷ イ形容詞（普通形）＋こともあって

前接イ形容詞，語意同上。

❸ ナ形容詞＋な＋こともあって

前接ナ形容詞時需要加上「な」，語意同上。

❹ ナ形容詞（普通形）＋こともあって

前接ナ形容詞的普通形時可以直接加上，語意同上。

❺ 名詞＋という＋こともあって

前接名詞，語意同上。

◆ 短句跟讀練習

❶ 動詞（普通形）＋こともあって

海外（かいがい）で長（なが）く生活（せいかつ）していたこともあって、彼（かれ）の日本語（にほんご）には少（すこ）し訛（なま）りがある。

因為在海外生活很長一段時間的關係，他的日語聽起來有點口音。

❷ イ形容詞（普通形）＋こともあって

料理がおいしい**こともあって**、そのレストランはいつも予約でいっぱいです。　因為料理非常美味，那家餐廳總是被訂滿。

❸ ナ形容詞＋な＋こともあって

問題が複雑な**こともあって**、解決策を見つけるのに時間がかかっている。　由於問題很複雜，為了找出解決方案花費了許多時間。

❹ ナ形容詞（普通形）＋こともあって

このレストランは有名である**こともあって**、いつも混んでいる。　這家餐廳很有名，因此總是很擁擠。

❺ 名詞＋という＋こともあって

台風の接近という**こともあって**、すべての屋外イベントが中止になった。　因為颱風接近的關係，所有戶外活動都取消了。

◆ 進階跟讀挑戰

　近年、日本の観光地では外国人観光客の増加が顕著になっている。特に東京や京都などの主要都市では、至る所で様々な言語が飛び交うようになった。政府が観光立国を目指す政策を推進してきた**こともあって**、ホテルや飲食店などのサービス業界では多言語対応が進められている。

　近年來，日本觀光景點的外國遊客明顯增加許多。特別是在東京或京都等主要城市，各種語言隨處可聞。由於政府一直推動以觀光立國為目標的政策，飯店和餐廳等服務業正在積極推行多語言服務。

30 〜こととて

因為〜所以

◆ 文法解釋

前接動詞或名詞表示原因，後接表示道歉或請求對方原諒等句子。

◆ 常見句型

❶ 名詞＋の＋こととて

前接名詞，表示道歉或請求對方原諒的原因。

❷ 動詞（普通形）＋こととて

前接動詞句，語意同上。

◆ 短句跟讀練習

❶ 名詞＋の＋こととて

田舎育ちのこととて、都会の作法に不慣れで、失礼があったらどうかお許しを。

因為是鄉下長大的，不習慣都市的禮節，若有失禮之處盡請見諒。

病み上がりのこととて、体力が十分でなく、お役に立てず申し訳ございません。

因為病剛好，體力不足，無法幫上忙，實在抱歉。

❷ 動詞（普通形）＋こととて

初（はじ）めて訪（おとず）れる<u>こととて</u>、道（みち）に迷（まよ）い、お待（ま）たせして申（もう）し訳（わけ）ございませんでした。

因為是初次造訪所以迷路了，讓您久等真的非常抱歉。

急（いそ）いでいた<u>こととて</u>、確認（かくにん）が不十分（ふじゅうぶん）で誤（あやま）りがございました。何卒（なにとぞ）お許（ゆる）しください。

因為趕時間，確認不充分而有所錯誤。請多多包涵。

◆ 進階跟讀挑戰

　先日（せんじつ）の会議（かいぎ）での発言（はつげん）について、お詫（わ）び申（もう）し上（あ）げます。経験不足（けいけんぶそく）の<u>こととて</u>、不適切（ふてきせつ）な表現（ひょうげん）を用（もち）い、皆様（みなさま）にご不快（ふかい）な思（おも）いをさせました。特（とく）に山田部長（やまだぶちょう）への言葉遣（ことばづか）いは、尊敬（そんけい）の念（ねん）を欠（か）いたものでした。新入社員（しんにゅうしゃいん）の<u>こととて</u>、社内文化（しゃないぶんか）に馴染（なじ）めておらず、失礼（しつれい）を重（かさ）ねております。今後（こんご）は言動（げんどう）に注意（ちゅうい）し、良好（りょうこう）な関係構築（かんけいこうちく）に努（つと）めてまいります。

　　針對前日會議上的發言，我在此致歉。因為經驗不足，使用了不適當的表達方式，讓各位感到不舒服。特別是對山田部長的用詞，缺乏應有的尊重。作為新進員工，對公司文化還不夠熟悉，屢次失禮。今後會更加注意言行，努力建立良好的人際關係。

隨堂考③

❶ 請選擇最適合填入空格的文法

1. 彼女は天使（＿＿＿）優しさで患者に接し、多くの人々に希望を与えている。
   1. に足る　　2. まじき　　3. ごとき　　4. しまつ

2. 顧客に不便をかける（＿＿＿）、システムのメンテナンスは深夜に行う。
   1. までして　　　　　　2. までもなく
   3. ともなると　　　　　4. ことのないように

3. 長年の友人の（＿＿＿）、厳しい言葉も本音として受け止められる。
   1. こととて　　2. もとで　　3. 至り　　4. 極み

4. 宇宙の神秘について考えると（＿＿＿）が、それこそが科学の魅力とも言える。
   1. ばかりに　　2. いえども　　3. ないでもない　　4. きりがない

5. 卒業式に出席する（＿＿＿）、思い出に残る一日にしたいと思う。
   1. そばから　　2. ときたら　　3. ことだし　　4. がてらに

6. 日本人は遠慮しすぎる（＿＿＿）、それが誤解を招くこともある。
   1. が最後　　　　　2. きらいがあり
   3. べからず　　　　4. やいなや

7. 彼女は音楽家の家庭に育った（　　　）、幼い頃からピアノの才能を発揮していた。

　　1. こともあって　　　　2. ともなく
　　3. かたがた　　　　　　4. もかまわず

❷ 請選擇最適合填入空格的文法

　現代社会では情報が溢れ、それらを全て把握しようとすれば①（　　　）。常に最新情報を追いかける人々は疲弊している。先日、心理学者の講演を聴いた。彼によると、現代人は完璧を求める②（　　　）という。「全てに同じエネルギーを注ぐことは不可能だ」と説明していた。講演者は「満足感は自分の価値観に従って生きることから生まれる」と語り、彼の話法は古の賢者③（　　　）人々の心に響いた。私も完璧さを追求する傾向があり、忙しいこと④（　　　）日々が続くと健康を害することもある。この講演で「本当に大切なことは何か」を見つめ直そうと思った。自分を理解し受け入れられたとき、⑤（　　　）心が軽くなる瞬間がある。

① 1. はなはだしい　2. きりがない　3. ぎりがたい　4. かいがいしい

② 1. べからず　　2. ものがある　3. といったらない　4. きらいがある

③ 1. ごとく　　　2. まじき　　　3. たりとも　　　4. ずくめ

④ 1. 限り　　　　2. 極まる　　　3. 上での　　　　4. 向けの

⑤ 1. まんべんなく　2. どことなく　3. すかさず　　　4. この上なく

89

31　～すら
就連～

◆ 文法解釋

前接名詞，表示提出一個極端例子，表示「就較…都…，更別說…」之意，聽起來往往帶有超出預期或意料之外之語感。屬於較為生硬的用法，日常生活對話中較少使用。

◆ 常見句型

- **名詞（＋助詞）＋すら**

    前接名詞，表示極端例子。

◆ 短句跟讀練習

- **名詞（＋助詞）＋すら**

    彼は約束の時間に遅れるどころか、連絡すらしなかった。
    他不只遲到，連聯絡都沒聯絡。

    その映画は期待外れで、基本的なストーリーすら理解できなかった。
    那部電影令人失望，連基本的劇情都看不懂。

    経済危機の深刻化により、かつては盤石と思われていた大企業すら倒産の危機に瀕している。
    由於經濟危機的嚴重，連過去被認為相當穩固的大企業都面臨倒閉危機。

長年研究を重ねてきた専門家ですら、この現象の原因を完全に解明できていない。

連擁有多年研究經驗的專家，都無法完全解開造成這個現象的原因。

◆ 進階跟讀挑戰

楽しみにしていた音楽フェスティバルも、実際に参加してみると期待外れだった。有名なアーティストですら、ライブパフォーマンスは物足りなく感じた。会場は想像以上に混雑し、好きな場所で見ることができなかった。食べ物の値段も高く、トイレに行くにも長い列に並ばなければならなかった。せっかく高いチケットを買ったのに、この体験は正直がっかりだった。

期待已久的音樂節，實際參加後卻令人失望。連知名藝人的現場表演都感覺差強人意。場地比想像中還要擁擠，無法在喜歡的位子觀賞。餐飲價格又貴，上廁所也要排好長的隊伍。票價明明這麼貴，這種體驗老實說真的很令人失望。

32 ～術(すべ)がない
沒有辦法

◆ 文法解釋

「術(すべ)」表示「方法、手段」之意，在此前接動詞，表示「沒有辦法做該動作」之意。

◆ 常見句型

- 動詞（辭書形）＋術(すべ)がない

  前接動詞，表示「沒有辦法做該動作」之意。

◆ 短句跟讀練習

- 動詞（辭書形）＋術(すべ)がない

彼(かれ)を説得(せっとく)する術(すべ)がないので、計画(けいかく)を変更(へんこう)せざるを得(え)なかった。
無法說服他，只好更改計畫。

急(きゅう)な出費(しゅっぴ)に対応(たいおう)する術(すべ)がなく、友人(ゆうじん)に助(たす)けを求(もと)めた。
沒有辦法應對突如其來的支出，只好向朋友求助。

社会的(しゃかいてき)な偏見(へんけん)を払拭(ふっしょく)する術(すべ)がないと感(かん)じ、故郷(ふるさと)を離(はな)れる決断(けつだん)をした。
感覺無法消除社會偏見，因此決定離開家鄉。

組織内の対立を解消する術がなく、リーダーとしての限界を感じていた。

無法解決組織內的對立，感受到身為領導者的極限。

◆ 進階跟讀挑戰

　　グローバル化の波により、多くの地方の小さな商店が姿を消していった。かつては地域の中心だった商店街も、大型ショッピングモールの台頭により、客足が遠のく一方だ。経営者たちは販売戦略を見直し、独自の魅力を打ち出そうと試みたが、価格競争に勝つ術がなく、次々と廃業を余儀なくされた。地域コミュニティの崩壊を心配する声も高まっている。一部の店舗は伝統と革新を融合させ、新たな顧客層を開拓し始めている。

　　在全球化浪潮下，許多地方小商店紛紛消失。曾經是地區中心的商店街，因為大型購物中心的崛起，顧客也越來越少。店家們嘗試檢討銷售策略、打造獨特魅力，但無法在價格競爭中勝出，只好一家接著一家被迫歇業。對於社區凝聚力瓦解的擔憂聲音也越來越多。不過，部分店家正開始透過結合傳統與創新，開拓新的客群。

33 〜ずじまいだ
最終沒有〜

◆ 文法解釋

「〜ず」為否定之意，在些文法的前面接上動詞，表示「沒有做該動作的情況下而結束」之意。往往帶有後悔、遺憾之語感在。

◆ 常見句型

- 動詞（ナイ形去掉ない）＋ずじまいだ

  前接動詞，表示沒有做該動作而結束之意。

◆ 短句跟讀練習

- 動詞（ナイ形去掉ない）＋ずじまいだ

  旅行（りょこう）の最終日（さいしゅうび）、天気（てんき）が悪（わる）くて有名（ゆうめい）な景色（けしき）を見（み）ずじまいだ。
  旅行的最後一天，因為天氣不好，結果沒能看到有名的景點。

  卒業式（そつぎょうしき）の日（ひ）、体調（たいちょう）を崩（くず）して参加（さんか）できずじまいだ。
  畢業典禮那天，因身體不適最終沒能參加。

  政府（せいふ）は抜本的（ばっぽんてき）な改革（かいかく）を約束（やくそく）したものの、様々（さまざま）な利害関係者（りがいかんけいしゃ）の反対（はんたい）により実現（じつげん）できずじまいだ。
  政府雖然承諾徹底改革，但因各種利害關係者的反對最終沒能實現。

彼女との関係を修復しようと何度も試みたが、深まった溝を埋めずじまいだ。時間だけが過ぎ去り、今は別々の道を歩んでいる。

雖然多次嘗試修復與她的關係，但最終沒能填平加深的鴻溝。時間流逝，現在各走各的路。

◆ 進階跟讀挑戰

幼い頃から夢見ていた海外留学の機会を手に入れたものの、最終的に実現できずじまいだ。突然の家庭の事情により、渡航直前に計画を断念せざるを得なかった。長年準備してきた語学力や研究計画、築いてきた人脈、すべてが水泡に帰した。当時は深い喪失感に襲われたが、この挫折が人生の転機となった。国内で別の道を模索する中で、思いがけない才能を開花させることができた。

雖然得到了從小就夢想的留學機會，但最終還是沒能實現。由於家裡突發狀況，出國前不得不放棄計畫。多年來準備的語言能力、研究計畫、建立的人脈，全都化為泡影。當時雖然感到深深的失落，但這個挫折卻成了我人生的轉捩點。在國內尋找其他方向的過程中，意外地開發出了自己的才能。

34 〜ずにはおかない
必然〜；必定〜

◆ 文法解釋

前接動詞，表示不管主語的意志性，必然會達成該動作或狀態之意。經常用於表示感情的變化、爭執等情況。

◆ 常見句型

- **動詞（ナイ形去掉ない）＋ずにはおかない**

若前方動詞為「する」，則必須改為「せずに」。前接動詞，表示必然會達成該動作或狀態之意。

◆ 短句跟讀練習

- **動詞（ナイ形去掉ない）＋ずにはおかない**

この映画は感動的なストーリーで、見る人の心を動かさずにはおかない。
這部電影有感人的故事，一定會打動觀眾的心。

彼の話には説得力があり、納得させられずにはおかない。
他的話很有說服力，不禁讓人信服。

彼の揺るぎない信念と行動力は、若い世代に強い影響を及ぼさずにはおかない。
他堅定的信念和行動力，必然會對年輕一代產生強烈影響。

政府の不適切な対応は、国民の不信感を募らせずにはおかない結果となった。
政府不恰當的應對，導致了加深國民不信任感的結果。

◆ 進階跟讀挑戦

近年、日本の労働環境は大きく変化している。終身雇用制度の崩壊や成果主義の導入により、多くの企業は従来の慣行を見直さずにはおかない状況に直面している。特に若い世代はワークライフバランスを重視する傾向が強い。こうした変化は、企業の人材確保戦略にも影響を及ぼしている。単なる高給だけでなく、柔軟な働き方や自己成長の機会を提供する企業が人材を引きつけている。

近年來日本的工作環境發生了很大的變化。由於終身雇用制度的崩塌和績效主義的引進，許多企業面臨不得不重新檢視傳統慣例的情況。特別是年輕一代更傾向重視工作與生活的平衡。這些改變也影響了企業的人才確保策略。不僅僅是高薪，能提供彈性工作方式和自我成長機會的企業更能吸引人才。

35 ～そばから
剛一～就～

◆ 文法解釋

表示某動作、狀態一達成，和它相關的動作、狀態也跟著立刻達成之意。

◆ 常見句型

- 動詞（辭書形・た形）＋そばから

    前接動詞，表示該動作一達成，後方動作也跟著達成之意。

◆ 短句跟讀練習

- 動詞（辭書形・た形・ている形）＋そばから

    料理を作るそばから家族に食べられてしまい、自分の分がなくなった。
    剛煮好飯就被家人吃掉了，連自己的份都沒了。

    彼は教えたそばから忘れるので、何度も繰り返し説明しなければならない。
    他剛教完就忘記，所以必須反覆説明很多次。

    彼の小説は出版されるそばから各国語に翻訳され、国際的な評価を得ている。
    他的小説一出版就被翻譯成各國語言，獲得國際性的評價。

技術革新が進む**そばから**新たな課題が
浮上し、研究者たちは絶え間ない挑戦に直面している。

技術革新剛進展，新課題就浮現，研究者們面臨著不斷的挑戰。

◆ 進階跟讀挑戰

私の猫「モモ」は、とても好奇心旺盛な性格だ。新しいものを部屋に置く**そばから**、すぐに調査を始める。先日買った観葉植物も例外ではなかった。置く**そばから**モモが近づき、葉っぱを軽く噛んでは顔をしかめていた。最も困るのは私の仕事だ。パソコンで作業を始める**そばから**キーボードの上に座り込み、画面を覗き込む。邪魔をされながらも、その無邪気な姿には怒れない。

我的貓「桃子」個性非常好奇。每次我在房間裡放新東西，牠就馬上開始檢查。前幾天買的室內植物也不例外。我一放下植物，桃子立刻就靠過來，輕咬著葉子然後皺起臉來。最讓我頭痛的是我工作的時候。我才剛開始用電腦工作，牠就坐到鍵盤上，靠近螢幕張望。雖然被打擾，但看到牠那天真無邪的樣子，我實在無法生氣。

36 ただ〜のみ
僅僅是〜

◆ 文法解釋

語意與「〜だけ」、「〜しかない」相近，用以表示強調「只有…」、「僅僅…」之意，主要用於正式的書面用語。

◆ 常見句型

- ただ＋動詞（辭書形）＋のみ

  用於動詞，表示能做的只有該動作，沒有其他的動作。

◆ 短句跟讀練習

- ただ＋動詞（辭書形）＋のみ

  私たちは、ただ黙って見守るのみだった。
  我們只能默默地看守著。

  この仕事は、ただコツコツと努力するのみです。
  這份工作只能一點一滴地努力。

  科学者は自然現象を観察し、ただその法則性を見出すのみであり、自然そのものを操作することはできない。
  科學家只能觀察自然現象並找出其規律性，無法操控自然本身。

環境問題に対して我々ができることは、ただ意識を高め、日常生活の小さな行動から変えていくのみである。

對於環境問題，我們能做的只是提高環保意識，從日常生活的微小行動開始改變起。

◆ 進階跟讀挑戰

人生の岐路に立つとき、迷いや不安は誰にでもある。先日、長年勤めた会社を辞め、新たなキャリアへの一歩を踏み出した友人がいる。彼は周囲の反対や心配の声に、ただ微笑むのみで、自分の決断に迷いはなかったという。未知の世界への挑戦は確かに怖い。しかし、後悔しない人生を送るためには、時に大きな決断も必要だ。彼の姿を見て、私も自分の夢に向かって一歩踏み出す勇気をもらった。

站在人生的十字路口，誰都會有迷惘和不安。最近，有個朋友辭去了任職多年的工作，邁出了新職涯的第一步。面對周圍的反對和擔憂聲，他只是微笑著說，自己的決定從未動搖。挑戰未知的世界確實令人害怕。不過，要過一個無悔的人生，有時也需要做出重大決定。看到他的樣子，我也得到了勇氣，願意為自己的夢想踏出一步。

37 ～たためしがない
從未有過～

◆ 文法解釋

前接動詞，表示到目前為止從未發生過該動作之意。多半帶有責備的語氣。

◆ 常見句型

- 動詞（た形）＋ためしがない

  前接動詞過去式，表示到目前為止從未發生過之意。

◆ 短句跟讀練習

- 動詞（た形）＋ためしがない

  彼女は期限内に仕事を終えたためしがない。
  她從未在截止日期前完成工作。

  母は私の意見に耳を傾けたためしがない。
  母親從未傾聽過我的意見。

  彼は一度でも自分の非を認めたためしがないため、部下たちからの信頼を失っている。
  他從未承認過自己的過錯，因此失去了下屬們的信任。

その政治家は選挙の公約を守ったためしがないと、有権者たちは怒りを露わにしている。

選民們憤怒地表示，那位政治家從未履行過選舉承諾。

◆ 進階跟讀挑戰

私の隣人について、正直に言うと少々困っている。彼は深夜に大音量で音楽を流すが、注意しても音量を下げたためしがない。何度話し合いを持ちかけても、いつも「そんなに大きくない」と取り合ってくれない。管理人に相談しても一時的に静かになるだけで、数日後にはまた元通りだ。他の住民も同じ悩みを抱えているらしいが、誰も彼を動かすことができない。この状況にどう対処すべきか、本当に頭を悩ませている。

關於我的鄰居，說實話有點困擾。他半夜音樂放得很大聲，但即使提醒他，也從來沒有把音量調小過。我嘗試跟他溝通好幾次，他總是說：「沒有很大聲啊！」完全不理會。跟管理員反映後也只是暫時安靜幾天，幾天後又故態復萌。其他住戶聽說也有相同的困擾，但大家都拿他沒辦法。我實在不知道該如何處理這個狀況，真的很令人傷腦筋。

38 〜たところで

即使〜也無濟於事

◆ 文法解釋

接於動詞之後，表示即使做了該動作也無法達到期待的結果之意，帶有一種徒勞無功的語感在。經常後接否定形態，或表示「沒用」、「沒意義」等負面詞語。常和「たとえ、どんなに、いくら（即使、就算）」等副詞一起使用。

◆ 常見句型

- **動詞（た形）+たところで**

  前接動詞過去式，表示即使做了該動作，也無濟於事。

◆ 短句跟讀練習

- **動詞（た形）+たところで**

  彼に謝ったところで、許してくれるとは思えない。
  就算向他道歉，我也不覺得他會原諒你。

  どんなに頑張ったところで、才能がなければ限界がある。
  不管多麼努力，沒有才能的話還是有所極限的。

  いくら謝罪したところで、失った信頼を取り戻すのは難しい。
  不管道歉多少次，要重新取得對方的信任是很困難的。

どんなに高価な化粧品を使ったところで、生活習慣が悪ければ肌はきれいにならない。

不管使用多麼昂貴的化妝品，如果生活習慣不佳，皮膚也不會變漂亮。

◆ 進階跟讀挑戰

半年前から、同じ職場の上原さんに好意を抱いている。何度かランチに誘ったり、休日のイベント情報を教えたりしてアプローチしてきたが、彼女の態度は変わらない。友人に相談すると「今までの方法を続けたところで、心は動かないよ」とアドバイスされた。確かに、形だけのアプローチでは逆効果かもしれない。彼女の興味や価値観を知り、お互いを理解することから始めるべきだろう。恋愛に近道はないと、今さらながら気づかされた。

　　半年前開始，我對同公司的上原小姐有好感。雖然約她吃過幾次午餐，也分享過假日活動資訊，但她的態度始終如一。問了朋友的意見，他建議：「就算繼續用這些方法，也無法打動她的心。」確實，表面上的追求方式可能適得其反。應該先了解她的興趣和價值觀，從相互理解開始。戀愛沒有捷徑，這點我到現在才終於明白。

39 ～たら～たで／～ば～で
如果～那麼也會～

◆ 文法解釋

此文法有兩種意思，第一種為「處於前面的狀態時是不好的，但就算不處於該狀態，也是不好」；第二種為「原本覺得不好的事物，一旦完成後，發現其實並沒有那麼糟」之意。

◆ 常見句型

❶ 動詞（たら形／ば形）＋動詞（た形）＋で

重覆兩個相同的動詞，表示處於該狀態時不好或沒那麼不好。

❷ イ形容詞（たら形／ば形）＋イ形容詞（普通形）＋で

イ形容詞的用法，語義同上。

❸ ナ形容詞（たら形／ば形）＋ナ形容詞＋で

ナ形容詞的用法，語義同上。

❹ 名詞（だったら／ならば）＋名詞＋で

名詞的用法，語義同上。

◆ 短句跟讀練習

❶ 動詞（たら形／ば形）＋動詞（た形）＋で

黙っていれば不満に思われるし、言ったら言ったで余計な誤解を招きそうだ。

沉默的話會被認為有不滿，説出來又可能引起不必要的誤解。

❷ イ形容詞（たら形／ば形）＋イ形容詞（普通形）＋で

安かったら安かったで品質が心配だし、高ければ経済的な負担になる。

便宜的話擔心品質不良，貴的話又會變成經濟上的負擔。

❸ ナ形容詞（たら形／ば形）＋ナ形容詞＋で

彼は親切だったら親切だったで何か裏があるのではと疑ってしまう。

他如果太親切，又會懷疑是不是有什麼企圖。

❹ 名詞（だったら／ならば）＋名詞＋で

正社員だったら正社員だったで責任が重いし、アルバイトだったら収入が安定しない。

如果是正職員工的話責任重大，如果是打工的話收入又不穩定。

◆ 進階跟讀挑戰

最近、新しいスマホを買おうか迷っている。今使っているのは少し古くなり、動作も遅いが、まだ使える。調べてみると新機種は性能が良くて魅力的だが、値段が高い。でも安いモデルを選んだら選んだですぐに古くなる気がする。友達に相談すると「必要になるまで待てば？」とアドバイスされたが、新しいものが欲しい気持ちも強い。結局、もう少し考えることにした。

　　最近在考慮是否要買新手機。現在用的這支手機有點舊，也變得很慢，但還算能用。查了一下，新機種效能很好很吸引人，但價格很貴。不過選便宜的型號，又覺得很快就會過時。問了朋友的意見，他建議：「等到真的需要再買如何？」但想要新手機的慾望也很強烈。結果，最後我還是決定再多考慮一段時間。

40 ～たら～ところだ
如果～那就是～

◆ 文法解釋

前接「～たら」「～ば」等用法，表示假設如果是處於某種狀態的話，就會達成以下的結果。後句為動詞辭書形或「た形」加上「ところだ」，表示事實並非如此，而是推測或想像中的結果。

◆ 常見句型

❶ 動詞（たら形・ば形）＋動詞（辭書形・た形）＋ところだ

前接動詞為表示條件的「たら形」或「ば形」，表示假設處於該狀態，後接動詞的辭書形或「た形」加上「ところだ」，表示推測或想像中的結果。

❷ イ形容詞（去い加かったら・去い加ければ）＋動詞（辭書形・た形）＋ところだ イ形容詞的用法，語意同上。

❸ ナ形容詞（だったら・ならば）＋動詞（辭書形・た形）＋ところだ ナ形容詞的用法，語意同上。

❹ 名詞（だったら・ならば）＋動詞（辭書形・た形）＋ところだ 名詞的用法，語意同上。

◆ 短句跟讀練習

❶ 動詞（たら形・ば形）＋動詞（辭書形・た形）＋ところだ

警察が来なかったら、事態はもっと悪化していたところだ。
如果警察沒有來的話，情況會變得更糟。

❷ イ形容詞（去い加かったら・去い加ければ）＋動詞（辞書形・た形）＋ところだ

この理論が正しかったら、科学界に革命を起こすところだ。
如果這個理論正確，就會在科學界引起革命。

❸ ナ形容詞（だったら・ならば）＋動詞（辞書形・た形）＋ところだ

現場の判断が的確でなかったら、被害が拡大していたところだ。　如果現場的判斷不準確，損害就會擴大。

❹ 名詞（だったら・ならば）＋動詞（辞書形・た形）＋ところだ

彼女が専門家だったら、この問題の本質を見抜いていたところだ。　如果她是專家，就能看透這個問題的本質。

◆ 進階跟讀挑戰

　　予算も時間も尽きかけた発掘現場で、雨がもう一日降り続いたら、すべての努力が水の泡になるところでした。しかし天候は回復し、最終日に研究チームは待望の古代遺跡を発見しました。小さな陶器の破片が、失われた文明の存在を証明したのです。時に運命は、諦めかけた瞬間に微笑むのです。

　　在預算和時間都將耗盡的挖掘現場，如果雨再下一天的話，所有的努力就會付諸流水。然而天氣好轉，研究團隊在最後一天發現了期待已久的古代遺跡。一小片陶器碎片證明了失落文明的存在。有時候，命運會在人們即將放棄的瞬間展露微笑。

隨堂考④

❶ 請選擇最適合填入空格的文法

1. その有名な作家は、最後の小説を完成（＿＿＿）この世を去った。
   1. させたところで
   2. させないまでも
   3. させずじまいで
   4. させたら最後

2. このコンピュータシステムがダウン（＿＿＿）、安心して使用できる。
   1. しようものなら
   2. するとなると
   3. しただけあって
   4. したためしがないので

3. どれほど努力（＿＿＿）、才能がなければプロになるのは難しい。
   1. したところで
   2. したことだし
   3. したところ
   4. する一方で

4. この状況で私たちができることは、ただ時間の経過を待つ（＿＿＿）です。
   1. 次第
   2. もの
   3. のみ
   4. わけ

5. 彼が（＿＿＿）来なかったで、私たちだけで計画を進めればいい。
   1. 来なくても
   2. 来ようとしても
   3. 来なかったら
   4. 来たからといって

6. 専門家（＿＿＿）予測できなかった経済危機が、世界を襲った。
   1. すら
   2. こそ
   3. に限って
   4. なんか

7. 証拠が見つからなかったら、無実の人が罪に問われる（＿＿＿）。

　1. わけだ　　2. ものだ　　3. までだ　　4. ところだ

8. 貯金をした（＿＿＿）、予期せぬ出費でお金を使わざるを得なくなった。

　1. ところで　2. そばから　3. 反面　　4. かわりに

❷ 請選擇最適合填入空格的文法

　現代社会では、テクノロジーにより人々は繋がっているはずだが、心の孤独を感じる人が増えている。SNSで数百人の「友達」がいる人①（＿＿＿）、本当の人間関係の欠如に悩んでいる。友人は投稿をアップロードする②（＿＿＿）他人の反応を気にし、いいねの数で自分の価値を測るようになった。彼を助ける③（＿＿＿）状況だった。このような現象は我々の心に深い懸念を抱か④（＿＿＿）。心理カウンセリングを受けてみた⑤（＿＿＿）、根本的な社会構造が変わらない限り、孤独の問題は解決しないだろう。

① 1. こそ　　　　2. すら　　　3. まで　　　4. ばかり

② 1. 一方で　　　2. ならびに　3. ものを　　4. そばから

③ 1. 術がない　　　　　　　　2. わけにはいかない
　 3. にはあたらない　　　　　4. に限らない

④ 1. ないまでもない　2. まいか　3. ずにはおかない　4. なくもない

⑤ 1. あげく　　　2. ところで　3. が最後　　4. 上で

111

41 ～たらしい／ったらしい
看起來像是～

🔶 文法解釋

　　接於名詞、イ形容詞、ナ形容詞後方，表示「看起來就是那個樣子」、「感覺就是那個樣子」之意，用於令人感到不舒服、不愉快等負面的描述居多。有時會像「長ったらしい（冗長的）」等，插入促音。這種講法能接的詞彙不多，多為固定用法。

🔶 常見句型

❶ イ形容詞（去掉い）＋たらしい

　　接於イ形容詞語幹，表示「感覺就是那樣子」、「看起來就是那樣子」。

❷ ナ形容詞＋たらしい

　　接於ナ形容詞後方，語意同上。

❸ 名詞＋たらしい

　　接於名詞後方，語意同上。

🔶 短句跟讀練習

❶ イ形容詞（去掉い）＋たらしい

あの会議（かいぎ）は長（なが）ったらしい議論（ぎろん）ばかりで、何（なに）も決（き）まらなかった。
那場會議淨是冗長的討論，什麼也沒決定。

❷ ナ形容詞＋たらしい

惨（みじ）めったらしく泣（な）き叫（さけ）ぶ様子（ようす）を見（み）せれば、同情（どうじょう）してもらえると思（おも）っているのか。

你是以為露出可憐兮兮哭喊的樣子，就能獲得同情嗎？

❸ 名詞＋たらしい

上司（じょうし）のすけべったらしい冗談（じょうだん）に、女性社員（じょせいしゃいん）たちは困惑（こんわく）していた。

面對上司下流的玩笑，女員工們感到困擾。

◆ 進階跟讀挑戰

新入社員（しんにゅうしゃいん）の田中（たなか）さんは優秀（ゆうしゅう）だが、苦手（にがて）な存在（そんざい）だ。会議（かいぎ）での彼女（かのじょ）の意見（いけん）は鋭（するど）く的確（てきかく）だが、それを伝（つた）える口調（くちょう）が問題（もんだい）だ。「先輩方（せんぱいがた）が気（き）づかなかったポイントですね」と言（い）う時（とき）の嫌味（いやみ）たらしい笑顔（えがお）に、周囲（しゅうい）は不快感（ふかいかん）を覚（おぼ）える。昨日（きのう）も彼女（かのじょ）のアイデアは採用（さいよう）されたが、誰（だれ）も素直（すなお）に喜（よろこ）べなかった。彼女（かのじょ）の実力（じつりょく）は認（みと）めるが、人間関係（にんげんかんけい）の構築（こうちく）も仕事（しごと）の一部（いちぶ）だと教（おし）えたい。このままでは、彼女（かのじょ）の才能（さいのう）が台無（だいな）しになるだろう。

　　新進員工田中雖然很優秀，但是令人感到很難相處。她在會議上的意見總是精準到位，但表達的語氣卻很有問題。每當她說：「前輩們竟然沒注意到這個重點呢。」時，臉上那令人討厭的笑容，總讓周圍的人感到不舒服。昨天她的想法雖然被採用了，卻沒人能真心為她高興。我承認她的實力，但也想告訴她，建立良好的人際關係也是工作的一部分。照這樣下去，她的才華恐怕會被浪費掉。

42 〜だの〜だの
或者是〜或者是〜

◆ 文法解釋

表示舉例，語意與「〜やら〜やら」、「〜とか〜とか」相近。但「〜だの〜だの」用於負面情況較多。

◆ 常見句型

❶ 動詞（普通形）＋だの

前接動詞，表示舉出幾個動作做為例子。

❷ イ形容詞（普通形）＋だの

前接イ形容詞，語意同上。

❸ ナ形容詞＋だの

前接ナ形容詞，語意同上。

❹ 名詞＋だの

前接名詞，語意同上。

◆ 短句跟讀練習

❶ 動詞（普通形）＋だの

親(おや)は勉強(べんきょう)しろだの将来(しょうらい)のことを考(かんが)えろだのうるさくて困(こま)る。

父母囉嗦得讓人困擾，説什麼要好好學習啊要考慮未來啊。

❷ イ形容詞（普通形）＋だの

新しい上司は厳しいだの怖いだのと噂されている。

新上司被傳言是嚴厲啊可怕啊之類的。

❸ ナ形容詞＋だの

彼の演説は退屈だの冗長だのと批判された。

他的演講被批評為乏味啊冗長啊之類的。

❹ 名詞＋だの

彼女は頭痛だのめまいだの体調不良が続いている。

她一直有頭痛啊頭暈啊等身體不適的情況。

◆ 進階跟讀挑戰

　　最近の生活は本当に疲れる。朝は早く起きて通勤ラッシュに巻き込まれ、会社では山積みの仕事に追われる。上司からの締め切りだの顧客からのクレームだのに振り回されて、自分の時間なんてほとんどない。帰宅後も家事に追われ、ゆっくり休む暇もない。週末だけが唯一の救いだが、それも家族の予定で埋まっていることが多い。たまには誰にも邪魔されず、何もしない一日が欲しいと切に願う。

　　最近的生活真的很累人。一大早就得起床，捲入上班的人潮中，到了公司又被堆積如山的工作追著跑。被上司的截止日期啊客戶的抱怨啊弄得團團轉，自己的時間幾乎沒有。回到家後還得忙家務，連好好休息的空閒都沒有。週末是唯一的救贖，但通常也被家人的行程填滿了。真心希望偶爾能有一天不被任何人打擾，什麼都不做。

43 ～た分だけ
根據所做的部分～

◆ 文法解釋

表示「依據所做的程度而相對應影響的成果」之意，也就是投入與產出的關係。

◆ 常見句型

- 動詞（た形）＋分だけ

  前接動詞，表示該動作為所投入的動作，後接產出的結果。

◆ 短句跟讀練習

- 動詞（た形）＋分だけ

  失敗した分だけ成長できるから、失敗を恐れないでください。

  失敗越多，成長就越多，所以不要害怕失敗。

  アルバイトは働いた分だけお金がもらえるので、生活費が必要な時は多めに入れます。

  打多少工就能拿到多少錢，所以需要生活費時我會多排一些班。

  食べた分だけ体重が増えるので、食事の量には気をつけています。

  吃得越多，體重就增加越多，所以我很注重飲食的量。

練習した分だけ上手になるので、
毎日少しでもピアノを弾くようにしている。

練習越多，就越熟練，所以就算只有一點也好，我每天都要練習彈鋼琴。

◆ 進階跟讀挑戰

　　現代社会では「時間は最も貴重な資源」と言われている。私自身、日々の慌ただしさに追われ、その真意を実感する。先日、大切なプロジェクトに集中するため、SNSの利用を控えてみた。すると、集中した分だけ作業効率が格段に上がり、予定より早く終えることができた。この経験から、どこに時間を投資するかが人生の質を決めるのだと痛感した。限られた時間を無駄にせず、本当に価値のあることに費やすべきだろう。

　　現代社會中常說「時間是最寶貴的資源」，我自己也在每天的忙碌中體會到這句話的真諦。前些日子，為了專心於一個重要專案，我減少使用社群網站。結果發現，越是專注，工作效率就提升得越明顯，甚至比預定時間更早完成。從這次的經驗當中，我深刻感受到把時間投資在哪裡，決定了人生的品質。我們應該避免浪費有限的時間，把它運用在真正有價值的事情上。

44 ～たまでだ／～たまでのことだ
不過是～而已

◆ 文法解釋

前接動詞，表示說話者為了淡化自己的行為，表示僅僅只是做了該動作，並沒有其他意思。

◆ 常見句型

- **動詞（た形）＋まで（のこと）だ**

  前接動詞過去式，表示說話者僅僅只是做了該動作，並無其他意思。

◆ 短句跟讀練習

- **動詞（た形）＋まで（のこと）だ**

  彼女を助けたのは、人として当然のことをしたまでだ。
  幫助她只是做了作為人應該做的事而已。

  料理が美味しいのは、いい材料を使ったまでです。
  料理好吃只是因為用了好食材而已。

  会議で反対意見を述べたのは、問題点を指摘したまでのことで、個人的な批判ではない。
  在會議中提出反對意見，只是指出問題所在而已，並非個人批評。

A：あの噂を広めたの？
B：聞いたことを言ったまでのことだ。

A：你散播了那個謠言嗎？　B：我只是說了我聽到的而已。

◆ 進階跟讀挑戰

　先日の会社パーティーで、急に料理担当者が体調不良になった。パーティー幹事が困っている様子を見て「簡単な料理なら作れます」と言ったところ、すぐに主役に抜擢された。実は料理本を見ながら作る程度の腕前だったが、意外にも皆から絶賛された。「こんなに美味しいなんて、料理のプロなの？」と聞かれ、「いえいえ、レシピ通りに作ったまでだ」と答えた。思いがけない評価に恥ずかしさと嬉しさが入り混じった夜だった。

　公司聚會那天，原本負責料理的人突然身體不適。看到活動負責人一臉為難的樣子，我就說：「簡單的料理我可以做」，結果立刻被推上主角位置。其實我的廚藝只是邊看食譜邊做的程度而已，但出乎意料地受到大家讚賞。當被問到：「怎麼這麼好吃，你是料理專家嗎？」時，我回答說：「不不，我只是照著食譜做而已。」那晚，我心中充滿了既害羞又開心的複雜心情。

45 ただでさえ～
原本就～

◆ 文法解釋

此為副詞性用法，用以強調原本就存在且負面的情況，並暗示這種情況因某些因素而進一步惡化。多用於表達抱怨、無奈或擔憂。

◆ 常見句型

- ただでさえ＋句子

  當作副詞放在句子前面，用以修飾後方句子。表示原本就不好的情況更加以惡化之意。

◆ 短句跟讀練習

- ただでさえ＋句子

  <ruby>ただでさえ朝<rt>あさ</rt>は混雑<rt>こんざつ</rt>しているのに、電車<rt>でんしゃ</rt>が遅延<rt>ちえん</rt>して駅<rt>えき</rt>はさらに人<rt>ひと</rt>であふれていた。</ruby>
  本來早上就很擁擠，再加上電車延誤，車站更是人滿為患。

  <ruby>日本語<rt>にほんご</rt>は外国人<rt>がいこくじん</rt>にとってただでさえ難<rt>むずか</rt>しいのに、方言<rt>ほうげん</rt>まで使<rt>つか</rt>われたら完全<rt>かんぜん</rt>に理解<rt>りかい</rt>できない。</ruby>
  對外國人來說，日語本來就很難，如果再用方言的話就完全無法理解了。

ただでさえ敏感肌なのに、新しい化粧品を使ったら顔が荒れてきた。

本來就是敏感性皮膚，用了新的化妝品後臉部皮膚變得更糟。

ただでさえ家計が苦しいのに、子どもの塾代までかかって大変だ。

家計本來就拮据，還要負擔孩子的補習費用，真是不得了。

◆ 進階跟讀挑戰

今日は期末試験。朝起きたら目覚まし時計が止まっていて、急いで準備した。駅に着くと、なんと電車が遅延。**ただでさえ**勉強不足なのに、遅刻までしたら単位は確実に落としてしまう。必死で走っていると、先生とぶつかった。驚いたことに、先生も遅刻していた。「今日の試験は延期します」と言われ、安堵と疲労で足がガクガクになった。

今天是期末考。早上起床發現鬧鐘壞了，我立刻匆忙準備出門。到了車站，沒想到電車竟然誤點。本來就準備得不夠了，如果再遲到的話肯定會被當的。就在我拼命狂奔時，竟然撞到了老師。令人驚訝的是，老師也遲到了。老師說：「今天的考試延期。」頓時安心和疲勞感讓我感到雙腿發軟。

46 〜たりとも
一點也不〜

◆ 文法解釋

前接表示最小數字（1）的數量詞，後接否定句，表示「連一點都不…」之意。為較生硬的文書用語，在會議、演講等正式場合時亦會使用。

◆ 常見句型

- **數量詞1＋たりとも＋否定**

前接表示最小數字（1）的數量詞，後接否定句，表示「連一點都不…」之意。

◆ 短句跟讀練習

- **數量詞1＋たりとも＋否定**

この計画を一日たりとも遅らせることはできません。
不能將這個計畫延遲任何一天。

この契約書は一箇所たりとも間違いがあってはならない。
這份契約書不能有任何一處錯誤。

この神聖な儀式において一瞬たりとも気を抜くことは許されない。
在這神聖的儀式中，一瞬間也不允許鬆懈。

犠牲者は一名たりとも出さないという強い決意の下、救助活動が続けられた。

在絕不讓任何一人成為犧牲者的強烈決心下，救援活動持續進行。

◆ 進階跟讀挑戰

皆さん、私たちの地球は今、危機に瀕しています。一つたりとも無駄にできる資源はありません。今日から、一人ひとりが環境のために行動しましょう。小さな一歩が、大きな変化を生み出すのです。未来の子どもたちのために、今行動する時です。

各位，我們的地球正面臨危機。沒有任何一種資源是可以浪費的。從今天開始，讓我們每個人都為環境盡一份心力吧。小小的一步，能創造巨大的改變。為了我們未來的孩子們，現在正是行動的時候。

47 〜たるもの
作為〜

◆ 文法解釋

前接表示「身分」的名詞,表示作為該身分所應符合的標準或期望。主要用於正式的文書或演講等正式場合。

◆ 常見句型

- **名詞＋たるもの**

意思同文法解釋,名詞直接加上「たるもの」即可。通常名詞會是某種職業、立場。

◆ 短句跟讀練習

社会人たるもの、時間や約束は必ず守るべきです。
作為社會人,一定要遵守時間和約定。

リーダーたるもの、常に冷静でいる必要がある。
作為領導者,需要隨時保持冷靜。

政治家たるもの、国民の声を真摯に受け止め、公正かつ透明性のある政策決定を行うべきである。
作為政治家,應該真誠傾聽民眾的聲音,做出公正且透明的政策決定。

医療従事者たるもの、患者のプライバシーを尊重し、最善の医療を提供する倫理観が不可欠だ。

作為醫療從業者，尊重病患隱私並提供最佳醫療的倫理觀是不可或缺的。

◆ 進階跟讀挑戰

教育現場における課題は複雑化し、教師の負担は増加の一途をたどっている。しかし、教育者たるもの、どんな困難があろうとも子どもたちの可能性を信じ続けることが求められる。知識の伝達だけでなく、考える力や生きる力を育むことこそが真の教育だ。一人ひとりの子どもと向き合い、その成長を見守ることが、教育者に与えられた最も尊い使命なのである。

教育現場的問題日趨複雜，老師的負擔也持續增加。然而，身為教育者，無論面臨何種困難都必須持續相信孩子們的可能性。真正的教育不僅是傳授知識，更要培養思考能力和生活能力。面對每個孩子，關注他們的成長，這是賦予教育者最珍貴的使命。

48 ～だに
連～

◆ 文法解釋

前接名詞或動詞，表示極端的例子，帶有感到非常意外的語感。屬於相當生硬且固定的用法。

◆ 常見句型

❶ 名詞＋だに＋しない

接於名詞後方，表示該為非常極端的例子，後方只接否定句。表示「連…都沒有」之意。

❷ 動詞（辭書形）＋だに

前接「考える（思考）」、「思う（想）」、「想像する（想像）」等表示思考的動詞，後方多接「恐ろしい（恐怖）」、「ぞっとする（可怕的）」等表示恐怖、不舒服的詞彙。表示「光是用想的就覺得不舒服」之意。

◆ 短句跟讀練習

❶ 名詞＋だに＋しない

科学者たちが現実になると夢想だにしなかった技術が、今や私たちの日常生活の一部となっている。
科學家們連做夢都沒想過會成為現實的技術，如今已成為我們日常生活的一部分。

名高い芸術家の作品であるにもかかわらず、評論家たちはその革新性を一顧だにしなかった。

儘管是著名藝術家的作品，評論家們連看都不看它的創新性。

❷ 動詞（辭書形）＋だに

あの戦場での出来事を思い出すだに戦慄が走る。

光是回想戰場上的事情就令人戰慄。

もう少し早く出発していれば事故に巻き込まれていた。そう思うだに背筋が凍る。

如果早點出發的話就會被捲入事故。光是用想的就感到背脊發涼。

◆ 進階跟讀挑戰

銃声が響き渡る射撃場で、彼だけが微動だにしなかった。他の選手たちが緊張のあまり小さく揺れる中、ベテラン選手である彼の姿勢は完璧だった。標的を見つめる目は鋭く、呼吸は浅く規則正しい。長年の訓練が生み出した鉄の集中力だ。周囲の雑音も時間の経過も彼には存在しなかった。ただ標的と自分だけの世界で、彼は引き金を引いた。見事な一撃が的中し、会場からは拍手喝采が沸き起こった。

在射擊場上槍聲四起，只有他絲毫不動。當其他選手因緊張而微微顫抖時，這位資深選手的姿態完美無缺。他凝視目標的眼神銳利，呼吸淺而規律。這是多年訓練培養出的鋼鐵般的專注力。周圍的雜音和時間的流逝對他來說彷彿不存在。在只有標靶與自己的世界裡，他扣下了扳機。一擊命中，全場爆出熱烈掌聲。

49 ～だろうに
雖然應該是這樣卻～

◆ 文法解釋

此文法主要有兩種用法，第一種是「本來應該～但是～」，表示推測，往往帶有對他人的處境感到同情、或批評等語氣；第二種用法則是「本來應～卻沒有～」，表示與事實相反，往往帶有遺憾、後悔等語氣。

◆ 常見句型

❶ 動詞句（普通形）＋だろうに

前接動詞句，表示推測、或與事實相反的描述。

❷ イ形容詞句（普通形）＋だろうに

前接イ形容詞句，語意、用法同上。

❸ ナ形容詞句（普通形）＋だろうに

前接ナ形容詞句，語意、用法同上。

◆ 短句跟讀練習

❶ 本來應該～但是～

① **動詞句（普通形）＋だろうに**

早く出発すればいいだろうに、彼はのんびりしている。
本來應該早點出發，但是他卻慢吞吞的。

② イ形容詞句（普通形）＋だろうに

彼は経済的に厳しいだろうに、友人に惜しみなく援助の手を差し伸べている。

他雖然經濟上有困難，卻毫不吝嗇地向朋友伸出援助之手。

❷ 本來應～卻沒有～

③ ナ形容詞句（普通形）＋だろうに

この料理は簡単だろうに、彼は失敗してしまった。

本來應該很簡單，卻失敗了。

◆ 進階跟讀挑戰

　実家の整理をしていたら、高校時代の親友との古い写真が出てきた。ある些細な誤解から、次第に疎遠になってしまった彼との思い出だ。もっと素直に気持ちを伝えていれば、今でも友情は続いていただろうに。連絡先も分からなくなった今、あの頃の笑顔だけが写真に残っている。この経験から、今の友人たちとは小さな誤解も放置せず大切にしたいと思う。

　整理老家時，偶然發現一張高中時期好友的舊照片。因為一場小小的誤會，我們漸漸疏遠了。如果當時能更坦率地表達自己的心意，現在或許還能持續這場友誼吧。如今連聯絡方式都不知道，剩下的只有照片中當時的笑容。從這次經驗中，我決定不再讓小誤會影響現在的友誼，要好好珍惜每一段關係。

50 〜っぱなし
一直保持著〜

◆ 文法解釋

　　此文法有兩種用法，第一種用法為「理所當然要做的事情沒做，而放任著它不管」，多為負面情況；第二種用法則為「不斷地維持同一種狀態」之意。

◆ 常見句型

- **動詞（ます形去掉ます）＋っぱなし**

　　前接動詞，表示放任該狀態，或是一直維持某個狀態不管。

◆ 短句跟讀練習

- **動詞（ます形去掉ます）＋っぱなし**

❶ **理所當然要做的事情沒做，而放任著它不管**

冷房(れいぼう)をつけているのに、窓(まど)を開(あ)けっぱなしにしないでください。

開著冷氣時，請不要把窗戶一直開著不關。

電気(でんき)をつけっぱなしにして寝(ね)ると、電気代(でんきだい)がもったいないですよ。

開著燈睡覺的話，很浪費電費喔。

❷ 不斷地維持同一種狀態

コンサート会場で3時間立ちっぱなしだったけど、楽しすぎて疲れを感じなかった。

在演唱會會場一直站了三小時，但因為太開心所以完全感受不到疲倦。

彼女は3つの仕事を掛け持ちして、働きっぱなしの日々を送っている。

她同時做三份工作，過著不停工作的日子。

◆ 進階跟讀挑戰

新しい仕事が始まってから、毎日残業が続いている。パソコンの前に座りっぱなしの毎日で、気づいたら腰が痛くなってきた。同僚はときどき立って体を伸ばしているが、私は期限に追われて、そんな時間もない。先週末、久しぶりに友達とテニスをしたら、体がうまく動かなくて驚いた。デスクワークの悪影響は思ったより大きい。明日から少し休憩を取ろうと決めた。

　　自從新工作開始後，每天都在加班。每天都在電腦前坐著不動，不知不覺腰就開始疼痛了起來。同事們偶爾會站起來伸展肢體，但我因為截止日期快到了，沒有時間休息。上週末，隔了許久和朋友打了場網球，卻發現身體無法靈活活動，讓我感到非常驚訝。久坐工作造成的影響比我想像的還大。我決定從明天開始一定要適時地休息。

随堂考⑤

❶ 請選擇最適合填入空格的文法

1. 若い頃に多様な経験を積んだ（　　　）、キャリアの選択肢が広がると言える。
   1. 分だけ　　2. からには　　3. からこそ　　4. にしたがって

2. 教育者（　　　）、単なる知識の伝達にとどまらず、学習者の批判的思考力を育む環境を創出すべきだ。
   1. ならでは　　2. を問わず　　3. たるもの　　4. とはいえ

3. 人工知能が芸術創造の領域にまで踏み込むとは、古典美学の研究者たちは予測（　　　）していなかった。
   1. をもって　　2. により　　3. だに　　4. ゆえに

4. 遅刻したのは電車が遅延した（　　　）で、彼のせいではない。
   1. あげく　　2. どころ　　3. ばかり　　4. までのこと

5. 営業担当者のメールは長（　　　）挨拶で始まるため、重要な情報を見つけるのが大変だ。
   1. じみた　　2. ならぬ　　3. ったらしい　　4. めいた

6. （　　　）交通渋滞が激しい都心部の道路は、雨が降ると更に混雑し、通勤時間が倍になることもある。
   1. あいにく　　2. ただでさえ　　3. いわんや　　4. かねてより

7. 夏休みの間、子供たちは朝からゲームをやり（　　　）で、勉強をまったく手につけていない。

　　1. かけ　　　2. っぱなし　　3. きり　　　4. まま

❷ 請選擇最適合填入空格的文法

　　真の国際人①（　　　）、言語と文化の壁を越える経験が不可欠だと考え、日本への留学を決意した。友人からは「日本の学習環境は厳しい②（　　　）、よく挑戦するね」と言われたが、不安を一度③（　　　）感じなかった。

　　東京に到着した初日、ビジネスマン④（　　　）留学生④（　　　）が行き交う国際都市の活気に圧倒された。⑤（　　　）洗練された都市機能を持つ東京だが、グローバル化の進展により一層魅力的な都市へと発展していた。

① 1. でさえ　　2. たるもの　　3. ながら　　4. をもって

② 1. くらい　　2. ばかりに　　3. だろうに　　4. だけあって

③ 1. まで　　　2. きり　　　　3. がてら　　　4. たりとも

④ 1. だの、だの　2. まで、まで　3. すら、すら　4. だに、だに

⑤ 1. なるたけ　2. とりわけ　　3. ただでさえ　4. めった

51 ～尽くす
完全地～

◆ 文法解釋
接於動詞後方，表示該動作完全做完之意。

◆ 常見句型

- **動詞（ます形去掉ます）＋尽くす**

   接於動詞後方，表示該動作完全做完，沒有殘留任何事物之意。

◆ 短句跟讀練習

- **動詞（ます形去掉ます）＋尽くす**

子供たちはお菓子を食べ尽くして、1つも残さなかった。
孩子們把點心全部吃光了，一個也沒剩。

彼は長年の研究で、この分野の可能性を探り尽くした。
他經過多年研究，徹底探索了這個領域的可能性。

彼女に対する愛情は言葉では表し尽くせない。
對她的愛無法用言語完全表達出來。

チケットは発売開始からわずか10分で売り尽くされた。
門票在開始發售後僅10分鐘就賣光了。

考え尽くしても答えが見つからず、
夜が明けた。

怎麼想也想不出答案，不知不覺天亮了。

◆ 進階跟讀挑戰

　先週末、友達と京都へ旅行に行った。二日間で有名な寺社や名所をすべて回り、美しい庭園の景色に魅了された。特に印象的だったのは夜の祇園だ。古い町並みと現代が融合した景観に心を奪われた。地元の料理も堪能し、京都の文化を肌で感じることができた。限られた時間の中でも観光スポットを巡り尽くした短い旅だったが、充実した時間を過ごせたことに感謝している。機会があれば、次は季節を変えて訪れたい。

　上週末，和朋友一起去了京都旅行。兩天內走遍了著名的神社、寺廟和景點，被美麗的庭園景色所吸引。特別令人印象深刻的是夜晚的祇園，古老街道與現代融合的景觀讓人心醉。我們也品嚐了當地美食，親身感受了京都文化之美。雖然是短暫的旅行，但我們走遍了所有觀光景點，度過了充實的時光，我很感謝這次經驗。如果有機會，下次想在不同的季節再度來訪。

52 〜であれ〜であれ
無論是〜還是〜

◆ 文法解釋

舉兩個以上的例子當作條件，表示「不論是哪一個都會產生同樣的結果」之意。另外亦有「〜であろうと〜であろうと」、「〜であっても〜であっても」的說法。主要用於較為生硬的口語表現或文章用語。

◆ 常見句型

❶ 名詞A＋であれ＋名詞B＋であれ

於「であれ」的前方接上名詞當作條件，表示「不論是哪個同會產生同樣結果」之意。

❷ ナ形容詞A＋であれ＋ナ形容詞B＋であれ

於「であれ」的前方接上ナ形容詞，語意同上。

◆ 短句跟讀練習

❶ 名詞A＋であれ＋名詞B＋であれ

日本人(にほんじん)であれ外国人(がいこくじん)であれ、法律(ほうりつ)は平等(びょうどう)に適用(てきよう)されます。
無論是日本人還是外國人，法律之前一律平等。

上司(じょうし)であれ部下(ぶか)であれ、互(たが)いを尊重(そんちょう)し合(あ)うことが健全(けんぜん)な職場(しょくば)環境(かんきょう)を構築(こうちく)する上(うえ)での基盤(きばん)となる。
無論是上司還是下屬，相互尊重是建立健全職場環境的基礎。

136

❷ ナ形容詞Ａ＋であれ＋ナ形容詞Ｂ＋であれ

有名であれ無名であれ、才能がある人は評価されるべきです。

無論是有名還是無名，有才能的人都應該得到應有的評價。

高価であれ安価であれ、購入した商品に不具合があれば、適切な対応を求める権利が消費者にはある。

無論是昂貴還是便宜，消費者購買到有缺陷商品時就有權利要求適當的處理。

◆ 進階跟讀挑戰

　人生には常に選択肢がある。進路を決める時、仕事を選ぶ時、そして伴侶を見つける時も。悩み、考え、時には涙を流しながら、私たちは決断を下す。しかし、成功であれ失敗であれ、その経験から学ぶことで私たちは成長していく。重要なのは選んだ道ではなく、その道をどう歩むかである。後悔せず、前を向いて進むことが、自分らしく生きるための秘訣なのかもしれない。

　人生總是充滿選擇。決定畢業後的方向、選擇工作，甚至尋找伴侶時都是如此。在煩惱、思考，有時甚至流淚的過程中，我們會做出決定。然而，無論是成功還是失敗，我們都能從這些經驗中學習成長。重要的不是選擇了哪條路，而是如何走這條道路。不後悔、勇往直前，或許就是活出自我的秘訣。

53 ～てみせる
給你看～

◆ 文法解釋

　　此用法接於動詞後方，主要有兩種用法。第一種為為了使他人理解，作為示範給別人看之意；第二種為表達說話者為了實現某事而展現的強烈意志。

◆ 常見句型

- 動詞（て形）＋みせる

  前接動詞，表示示範給他人看，或表達說話者的強烈意志。

◆ 短句跟讀練習

- 動詞（て形）＋みせる

  ① 使他人理解，作為示範給別人看

  医師は看護師に新しい処置の方法をやってみせた。
  醫生向護士示範了新的處置方法。

  化粧品の使い方をお客様に説明するために、実際に塗ってみせました。
  為了向顧客解釋化妝品的使用方法，實際示範了塗抹方式。

② 表達說話者為了實現某事而展現的強烈意志

両親を安心させるために、
今年こそ試験に合格してみせる。

為了讓父母安心，今年我一定要通過考試。

たとえ道が険しくても、必ず目標を達成してみせる。

即使道路崎嶇，我也一定要達成目標。

◆ 進階跟讀挑戰

　今日から新しいプロジェクトが始まりました。チームメンバーは皆、不安げな表情を浮かべています。確かに難しい仕事ですが、前回の失敗が頭をよぎりながらも今回は違うと感じています。準備は万全で、経験を活かし計画を立て、リスクも予測しました。誰もが無理だと言うかもしれませんが、私はこのプロジェクトを必ず成功させてみせます。自信を持って前に進むだけで、新たな挑戦に心が躍ります。

　今天開始了新的專案。團隊成員臉上都掛著不安的表情，的確這是一份相當困難的工作，雖然腦海中不時浮現之前的失敗，但我能感受到這次的不同。我們準備充分，運用經驗制定計畫，也預測了風險。儘管大家都說這是不可能的任務，但我一定要讓這次的專案成功。只要懷著自信向前進，面對嶄新挑戰的心情也跟著激動起來。

54 〜てしかるべきだ
應該要〜

◆ 文法解釋

前接動詞或イ形容詞，表示「理所當然…」「應該…」之意。多用於期望或要求特定行為的場合。為古文所遺留下之極度生硬之用法。

◆ 常見句型

❶ 動詞（て形）＋しかるべき

前接動詞，表示理所當然之意。

❷ イ形容詞（去掉い加上くて）＋しかるべき

前接イ形容詞，語意同上。

◆ 短句跟讀練習

❶ 動詞（て形）＋しかるべき

歴史的事実は客観的に検証されてしかるべきであり、政治的意図によって歪められるべきではない。
歷史事實應該被客觀地驗證，不應該因政治意圖而被扭曲。

高齢化社会に対応した社会保障制度が確立されてしかるべき時期に来ている。
已經到了應該建立應對高齡化社會的社會福利制度的時期。

❷ イ形容詞（去掉い加上くて）＋しかるべき

教育の機会は誰にでも等しくてしかるべきだ。

教育機會應該人人平等。

危機管理対策は実効性が高くてしかるべきであり、形式的な対応では意味をなさない。

危機管理對策應該具有高效性，若只是形式上的應對則沒有任何意義。

◆ 進階跟讀挑戰

　現代社会では環境問題が深刻化している。プラスチックごみが海を汚染し、大気汚染が健康被害をもたらしている。このような状況で、私たち一人ひとりが環境保護に取り組むことは当然の責務である。政府による厳しい規制と共に、企業は環境に配慮した製品開発に注力してしかるべきである。また、私たち消費者も日常生活で環境負荷の少ない選択をする必要がある。美しい地球を次世代に引き継ぐために、全ての人が意識を高めるべき時が来ている。

　現代社會中環境問題日益嚴重。塑膠垃圾污染海洋，空氣污染也帶來健康危害。在這樣的情況下，我們每個人都有責任投入環保工作。伴隨著政府的嚴格規範，企業理應致力於開發考量環境的產品。此外，我們消費者也必須在日常生活中做出對環境負擔較小的選擇。為了將美麗的地球傳承給下一代，是時候所有人都應該提高環保意識了。

55 〜ては〜ては〜
一次又一次地〜

◆ 文法解釋

前接動詞，表示反覆進行的連續動作。

◆ 常見句型

- **動詞（て形）＋は**

  前接動詞て形，表示反覆進行的動作。

◆ 短句跟讀練習

- **動詞（て形）＋は**

  雨が降っては止み、止んでは降るので、外出するタイミングが難しい。

  雨下了又停，停了又下，所以很難找到外出的時機。

  パスワードを入力しては間違え、間違えては入力するという悪循環に陥った。

  陷入了輸入了密碼又錯，錯了又重新輸入密碼的惡性循環中。

  株価は上昇しては下落し、下落しては上昇するという不安定な相場が続いている。

  股價上漲又下跌，下跌又上漲，一直持續在不穩定行情當中。

彼女は執筆しては破棄し、破棄しては執筆するという苦悩の末、傑作を生み出した。
她經過了寫作又丟棄，丟棄又寫作的痛苦過程，最終創作出了傑作。

◆ 進階跟讀挑戰

　我が家の猫は不思議な生き物だ。朝は元気に走り回るのに、昼間はぐっすり眠る。時には甘えてきては逃げ、逃げては甘えてくるという気まぐれな性格で、私を翻弄する。食事の好みも変わりやすく、昨日喜んで食べた餌を今日は見向きもしない。それでも、窓際で日向ぼっこする姿や、膝の上でゴロゴロと喉を鳴らす時の幸せそうな表情を見ると、全ての苦労が報われる気がする。猫との生活は、予測不能な喜びに満ちている。

　我家的貓是個奇妙的生物。早上活力充沛地到處奔跑，中午卻睡得異常香甜。牠有時撒嬌了又逃開，逃開了又撒嬌的善變個性，常常讓我摸不著頭緒。牠對食物的喜好也很容易改變，昨天還吃得很開心的飼料，今天可能看都不看一眼。不過，當看到牠在窗邊曬太陽，或是躺在我膝上咕嚕咕嚕地發出幸福叫聲的表情時，所有的辛苦好像都值得了。與貓共同生活，就是這樣充滿著無法預測的喜悅。

56 〜てやまない
〜不已

◆ 文法解釋

前接「愛する（愛）」、「憧れる（憧憬）」、「尊敬する（尊敬）」、「願う（希望）」等表示感情的動詞，用以說明該感情是強大且一直持續著。

◆ 常見句型

- 動詞（て形）＋やまない

　　前接表示感情的動詞，用以表示該感情為強大且一直持續著之意。為較為生硬的文章用語，通常用於小說、散文等文學作品。

◆ 短句跟讀練習

- 動詞（て形）＋やまない

　　彼女の才能に驚いてやまない。
　　對她的才能感到無比驚嘆。

　　友人の成功を祝福してやまない。
　　衷心祝福朋友的成功。

　　世界平和を願ってやまない政治家の努力が実を結んだ。
　　那位不懈祈願世界和平的政治家的努力終於結出果實。

日本文化の奥深さに魅了されてやまない外国人研究者が増えている。

被日本文化深度所深深吸引的外國研究者越來越多。

◆ 進階跟讀挑戰

　風に揺れる桜の枝が花びらを舞い上げる春の日。あなたの笑顔を初めて見たのはこんな季節だった。髪に白いものが混じり始めた今でも、あの日の記憶は色褪せない。人は「愛」を炎のような情熱と思うが、私たちの愛は静かな小川のようだ。時に岩にぶつかりながらも、決して流れを止めず進み続ける。指先の皺が増えても、あなたの手の温もりは変わらない。あなたを愛してやまない。この気持ちは、命尽きるその日まで続くだろう。

　在櫻花枝條隨風搖曳、花瓣飛舞的春日，我第一次看見你的笑容就是在這樣的季節。即使現在頭髮已開始夾雜白絲，那一天的記憶依然鮮明如昔。人們談論「愛」時，常想到如火焰般的熱情，但我們的愛卻不同。它如靜靜流淌的小溪，偶爾會撞上岩石，卻從不停止前進的步伐。即使指尖增添了皺紋，你手掌的溫暖依然不變。我對你的愛無法停止，這份情感將持續到我們生命的最後一刻。

57 ～てもどうにもならない
即使～也無法改變現狀

◆ 文法解釋

前接句子，強調該句子所做的努力、行動或狀態對結果無法改變，無法解決問題。含有對已發生的事實、天災人禍等的無能為力之語感。

◆ 常見句型

❶ 動詞（て形）＋も＋どうにもならない

前接動詞，表示該動作對結果無法改變，無法解決問題。

❷ イ形容詞（去い加上くて）＋も＋どうにもならない

前接イ形容詞，表示該狀態對結果無法改變，無法解決問題。

❸ ナ形容詞＋でも＋どうにもならない

前接ナ形容詞，語意同上。

❹ 名詞＋でも＋どうにもならない

前接名詞，語意同上。

◆ 短句跟讀練習

❶ 動詞（て形）＋も＋どうにもならない

何度(なんど)謝罪(しゃざい)してもどうにもならない過(あやま)ちを犯(おか)してしまった。
犯下了無論道歉多少次也無法彌補的錯誤。

❷ イ形容詞（去い加上くて）＋も＋どうにもならない

この恋は切なくてもどうにもならない。時間が解決するだろう。　這段戀情即使心痛也改變不了什麼，時間會解決一切。

❸ ナ形容詞＋でも＋どうにもならない

あまりにも不安でもどうにもならない。待つしかない。
再怎麼不安也沒辦法，只能等待。

❹ 名詞＋でも＋どうにもならない

現代医学でもどうにもならない領域がまだ多く残されている。　即使是醫學也無能為力的領域還有很多。

◆ 進階跟讀挑戰

　　人生には様々な分岐点がある。正しい選択をしたと思っても、後から振り返れば違う道もあったのではないかと考えることがある。私が大学時代に留学の機会を逃したことは、大きな後悔だった。当時は家族の事情で断念したが、過去の選択を悔やんでもどうにもならない。時間は一方向にしか流れないのだ。

　　人生充滿了歧路，即使認為做出了正確的選擇，回頭看時也會思考是否有別的道路。我在大學時期錯過留學機會，是一個很大的遺憾。當時因為家庭情況而放棄，但後悔過去的選擇也無濟於事。時間只能單方向流動。

58 〜ても差し支えない
即使〜也不會有問題

◆ 文法解釋

前接句子，表示即使是該行為或狀態也無所謂，帶有允許或退讓的語感在。語意和「〜てもいい」、「〜てもかまわない」相似，但相比之下此用法的語感更為正式、生硬。

◆ 常見句型

❶ 動詞（て形）＋も＋差し支えない

前接動詞句，表示允許對方做該動作，或是退讓讓對方做該動作。

❷ イ形容詞（去い加くて）＋も＋差し支えない

前接イ形容詞句，表示允許該狀態。

❸ ナ形容詞＋でも＋差し支えない

前接ナ形容詞句，語意同上。

❹ 名詞＋でも＋差し支えない

前接名詞句，語意同上。

◆ 短句跟讀練習

❶ 動詞（て形）＋も＋差し支えない

このアンケートには匿名で回答しても差し支えありません。

這份問卷可以以匿名方式作答。

❷ イ形容詞（去い加くて）＋も＋差し支えない

返信は短くても差し支えないので、お早めにご連絡ください。　回覆簡短也沒關係，請盡快跟我聯絡。

❸ ナ形容詞＋でも＋差し支えない

最初の面談は対面でなく、オンラインでも差し支えありません。　首次面談不必面對面，線上進行也可以。

❹ 名詞＋でも＋差し支えない

お支払いは現金でもクレジットカードでも差し支えありません。　付款用現金或信用卡都沒問題。

◆ 進階跟讀挑戰

　若い世代は仕事の質を高めながらも、個人の時間を大切にすることを望んでいる。このような傾向を受け、多くの企業が柔軟な勤務形態を導入している。社員が時には家族の用事で早退しても差し支えないと明言する企業も増えてきた。こうした変化は創造性の促進や優秀な人材の確保にもつながり、日本社会が仕事と生活の調和という新しい価値観を模索している証拠だろう。

　年輕一代在提高工作品質的同時，也希望重視個人時間。因應這種趨勢，許多企業導入了彈性的工作模式。越來越多企業明確表示，員工偶爾因家庭事務提早離開也無妨。這些變化不僅促進創造力，也有助於吸引優秀人才，是日本社會正在探索工作與生活和諧的新價值觀的證明。

59 ～ではあるまいし
又不是～

◆ 文法解釋

表示「又不是…當然…」之意，後句通常帶有對聽者的批評、建議、忠告、勸告等表現。為口語表現，不適合用於文章。

◆ 常見句型

- **名詞＋ではあるまいし**

  接於名詞後方，表示「又不是…當然…」之意，後句通常帶有對聽者的批評、建議、忠告、勸告等表現。

◆ 短句跟讀練習

- **名詞＋ではあるまいし**

  芸能人じゃあるまいし、そこまで外見を気にする必要があるのかな。

  你又不是藝人，有必要那麼在意外表嗎？

  完璧主義者ではあるまいし、少しくらいのミスは許容しましょう。

  你又不是完美主義者，一點點的錯誤也是可以容許的吧。

初心者ではあるまいし、基本的なルールくらい知っているはずだ。
你又不是初學者，至少應該知道基本規則吧。

スーパーマンじゃあるまいし、一人ですべてをやろうとしないで。
你又不是超人，不要所有事情都一個人包。

◆ 進階跟讀挑戰

　　カフェで勉強している山下さんは、疲れてきたのか、カップに砂糖を次々と入れていた。隣の席で論文を読んでいた森田さんは、砂糖を五つ目入れる山下の手を見て、思わず口を開いた。「山下さん、それ五つ目の砂糖じゃない？子供じゃあるまいし、そんなに甘くして飲めるの？」山下さんは苦笑いしながら、コーヒーをかき混ぜ続けた。

　　山下在咖啡廳讀書，可能是累了，不斷往杯子裡加糖。隔壁桌正在讀論文的森田看到山下放入第五顆糖時，忍不住開口：「山下，那是第五顆糖了吧？你又不是小孩子，真的能喝那麼甜嗎？」山下苦笑著，繼續攪拌著他的咖啡。

151

60 〜でもあり〜でもある
同時也是〜和〜

◆ 文法解釋

接於兩個名詞之後，表示該事物同時具有兩種性質。

◆ 常見句型

- **名詞A＋でもあり＋名詞B＋でもある**

  接於兩個名詞之後，表示該事物同時具有兩種性質，強調事物的多元性及複雜性。

◆ 短句跟讀練習

- **名詞A＋でもあり＋名詞B＋でもある**

  彼女は私の恋人でもあり親友でもある。
  她既是我的戀人也是摯友。

  インターネットは便利なツールでもあり危険な場所でもある。
  網路既是便利的工具也是危險的場所。

  サクラは日本の美意識の象徴でもあり無常観の表れでもある。
  櫻花既是日本美學意識的象徵也是無常觀的體現。

民主主義は理想**でもあり**不断の挑戦**でもある**という緊張関係を保ち続けている。

民主主義持續保持著既是理想也是不斷挑戰的緊張關係。

◆ 進階跟讀挑戰

幼い頃から物語を書くことが好きだった。言葉で新しい宇宙を創り出す喜びは何物にも代えがたい。大学卒業後、出版社に投稿を続けながらもアルバイトで生計を立てる日々。何度断られても諦めなかった。三年目の冬、長編小説がデビュー作として認められた。編集者との打ち合わせは緊張**でもあり**興奮**でもある**時間だった。創作の道は険しいが、読者の感想に心を打たれる度、この道を選んで良かったと思う。

　　從小就喜歡寫故事，用文字創造新宇宙的喜悅是無可取代的。大學畢業後，一邊向出版社投稿，一邊靠打工維生，即使被拒絕多次也不曾放棄。第三年的冬天，我的長篇小說終於被認可而正式出道。當時與編輯的會議既緊張又令人興奮。創作之路雖然艱難，但每當被讀者的感想打動時，就覺得選擇這條路很值得。

隨堂考⑥

❶ 請選擇最適合填入空格的文法

1. 入院中は携帯電話を使用し（　　　）施設もあります。

    1. づらい
    2. ても差し支えない
    3. つつある
    4. てやまない

2. 科学者たちは、宇宙の謎を解明したいと（　　　）。

    1. 願ってみせる
    2. 願うものの
    3. 願ってやまない
    4. 願いながらも

3. そんな単純な計算ミスをするなんて。新入社員（　　　）。もっと注意してください。

    1. じゃあるまいし
    2. からすると
    3. であるから
    4. にもかかわらず

4. この病気は、最新の医療技術を使っ（　　　）と医者に言われた。

    1. たからといって
    2. っても治るだろう
    3. ても構わない
    4. ってもどうにもならない

5. 彼の投資スタイルは、株を買っ（　　　）売り、売っ（　　　）また買うという短期取引が多い。

    1. たり、たり
    2. たら、たら
    3. ては、ては
    4. てこそ、てこそ

❷ 請選擇最適合填入空格的文法

台風の被害で自宅が浸水し、住民たちは復旧作業を徹底的に①（　　　）きた。朝から晩まで泥を掻き出し、壊れた家具を運び出した。行政②（　　　）、ボランティア②（　　　）、多くの支援が集まった。「1か月では元通りにはならない」と言われても、「必ず元の生活を取り戻し③（　　　）」と互いに励ました。雨が降るたびに作業が中断し、再開する日々。時には絶望感に襲われることもあった。過去の災害を恨んでも④（　　　）と皆で話し合い、ただ復興に向けて団結することにした。今日、仮設住宅への入居が決まった。悲しみ⑤（　　　）希望⑤（　　　）この瞬間は、新たなスタートの第一歩である。深呼吸して、明日からの生活を考える。

① 1. やり尽くして　　2. やりかねて
　 3. やりつつあって　4. やりそこねて

② 1. にしろ、にしろ　2. にせよ、にせよ
　 3. であれ、であれ　4. だろうに、だろうに

③ 1. がたい　2. かねない　3. てみせる　4. てやる

④ 1. しかるべきだ　2. やまない
　 3. しょうがない　4. いはしまいか

⑤ 1. だの、だの　　2. といい、といい
　 3. とか、とか　　4. でもあり、でもある

61 〜では済まない
不僅僅是這樣〜

◆ 文法解釋

　　用以表示「僅僅如此是不夠的」、「這樣是不被允許的」之意，表示前述的狀態或行為不足以解決問題、或該行為不被允許，伴隨著嚴重的後果及責任性，往往帶有該行為在社會、道德上是不被允許之語感在。經常用於批評、譴責、警告他人。除了「〜では済まない」以外，另有「〜では済まされない」的表現，語意、用法相同。

◆ 常見句型

❶ 名詞＋では済まない／では済まされない

前接名詞，表示該狀態是不足以解決問題的。

❷ 動詞普通形＋（の）では／まない／（の）では／まされない

前接動詞，表示該動作是不足以解決問題，或是該行為是不被允許之意。

◆ 短句跟讀練習

❶ 名詞＋では済まない／では済まされない

こんな重大な事故は、単なる過失では済まない。
這種嚴重的事故，不能僅僅以過失來了事。

彼女の失言は、冗談では済まされない発言だった。
她的失言是不能當作玩笑就算了的。

❷ 動詞普通形＋（の）では済まない／（の）では済まされない

この医療ミスは、単に謝罪するのでは済まない問題だ。
這項醫療疏失是光靠道歉所無法解決的問題。

記者として、事実を確認せずに記事を書くのでは済まされない。
身作為記者，不確認事實就寫報導是不能被原諒的。

◆ 進階跟讀挑戰

新入社員の山田さんは初めての大きなプレゼンを任された。資料作成に夢中になり、前日の打ち合わせを忘れてしまった。上司から呼び出されて厳しく叱責される中、大切な約束を忘れるのでは済まないと深く反省した。それをきっかけに、スケジュール管理を徹底し、ミスのない仕事を心がけるようになった。この経験は彼の社会人としての成長において大きな転機となったのだ。

新進職員山田被交付了他的第一個大型的報告會議。他全神貫注於準備資料，結果忘了參加前一天的會議。他被主管叫去嚴厲責備時，他深刻反省，忘記重要約定是說不過去的。從那時起，他開始徹底管理自己的行程，並致力於做出零錯誤的工作。這次的經驗，成為了他職場成長道路上的重要轉捩點。

62 ～とあって
因為有這樣的情況～

◆ 文法解釋

用以表示因為處於某種特殊情況，因此導致某種結果。多用於描述觀察後所得到的感想。此文法為較為正式之用法，經常用於新聞、報紙等。

◆ 常見句型

❶ 動詞（普通形）＋とあって

前接動詞句，表示因為處於此特殊情況，因此導致後方的結果。

❷ 名詞＋とあって

前接名詞，語意同上。

◆ 短句跟讀練習

❶ 動詞（普通形）＋とあって

世界的な感染症が蔓延したとあって、リモートワークが新たな就業形態として定着しつつある。

因為全球性傳染病蔓延，遠距工作作為新的工作形態正逐漸確立當中。

AIが急速に発展しているとあって、多くの産業で雇用形態の変革が起きている。

因為AI迅速發展中，許多產業中的雇用形態正在發生變化。

❷ 名詞＋とあって

歴史的な政権交代とあって、外国メディアも注目する国際的なニュースとなった。

因為是歷史性的政權交替，成為了連外國媒體都關注的國際新聞。

世界的ブランドの日本進出とあって、開店初日から多くの客が詰めかけた。

因為是國際品牌進軍日本，開店第一天就有許多顧客蜂擁而至。

◆ 進階跟讀挑戰

　　毎年夏に開催される国際音楽祭が今年も始まった。世界各国から著名なミュージシャンが集まり、3日間にわたって様々なジャンルの音楽が演奏される。今年は特別ゲストとして伝説的なロックバンドが20年ぶりに再結成するとあって、チケットは発売開始からわずか5分で完売した。会場周辺のホテルや飲食店も予約で埋まり、地元経済にも大きな活気をもたらしている。音楽祭は若者だけでなく、幅広い年齢層の人々に愛されている文化的イベントだ。

　　每年夏天舉辦的國際音樂節今年又開始了。來自世界各國的著名音樂家聚集在一起，在為期三天的活動中演奏各種風格的音樂。今年因為傳奇搖滾樂團將以特別來賓身分，睽違20年重組演出，門票在開始發售後僅僅5分鐘就銷售一空。會場周邊的飯店和餐廳也已全數被預訂，為當地經濟帶來了極大活力。這個音樂節不只受到年輕人喜愛，也是各年齡層民眾所熱愛的文化盛事。

63 〜とあれば

如果說〜

◆ 文法解釋

「〜とあれば」的語意為一種特殊的條件表達方式，暗示著「既然被判斷或確認為這樣的情況，就必然要採取相應行動」的含義。相較於一般條件表達，「〜とあれば」常用於表達為了重要人物、事物或理由而不得不採取行動的決心或義務感。

◆ 常見句型

❶ 動詞（普通形）＋とあれば

接於動詞後方，表示前接行為或狀態為條件，後接判斷或指示等表現。

❷ イ形容詞（普通形）＋とあれば

接於イ形容詞後方，語意同上。

❸ ナ形容詞＋とあれば

接於ナ形容詞後方，語意同上。

❹ 名詞＋とあれば

接於名詞後方，語意同上。

◆ 短句跟讀練習

❶ 動詞（普通形）＋とあれば

君が挑戦するとあれば、私も全力でサポートする。

如果你要挑戰的話，我也會全力支持。

❷ イ形容詞（普通形）＋とあれば

問題が多いとあれば、もう一度計画を見直す必要がある。

如果問題很多的話，就有必要重新檢視計畫。

❸ ナ形容詞＋とあれば

彼の意見が合理的とあれば、検討する価値がある。

如果他的意見很合理的話，值得考慮。

❹ 名詞＋とあれば

子供の教育とあれば、最善を尽くしたい。

如果是為了孩子的教育，想盡最大努力。

◆ 進階跟讀挑戰

祖母は九十歳になった。昔から厳しい人だったが、家族を何より大切にしてきた。先日、病気で入院した祖母を見舞った。弱々しい声で話す彼女は「家族のためとあれば、どんな困難も乗り越えられる」と微笑んだ。その言葉は深く心に刻まれた。病室を後にする時、祖母の教えを胸に家族との時間を大切にしようと強く思った。これからもその思いを忘れずにいたい。

　　我的祖母已經九十歲了。從以前開始她就一直是個嚴厲的人，但她總是把家人放在最重要的位置。前幾天，我去醫院探望生病住院的祖母，她用虛弱的聲音微笑著說：「如果是為了家人，任何困難都能克服。」這句話深深刻在我心裡。當我離開病房時，我強烈地感受到必須銘記祖母的教誨，珍惜與家人共處的時光。我希望自己永遠不會忘記這份心情。

64 ～というか～というか
可以說是～也可以說是～

◆ 文法解釋

用於表達說話者在選擇詞彙時的猶豫不決，當一個詞語無法準確描述複雜的感受時使用。常用於委婉表達評價、描述複雜情感或難以定義的特質，使表達更為含蓄。

◆ 常見句型

❶ 動詞（普通形）＋というか

接於動詞後方，其形態為「AというかBというか」，表示「是A還是B」、「可以說是A也可以說是B」。

❷ イ形容詞（普通形）＋というか

接於イ形容詞後方，語意、用法同上。

❸ ナ形容詞＋というか

接於ナ形容詞後方，語意、用法同上

❹ 名詞＋というか

接於名詞後方，語意、用法同上

◆ 短句跟讀練習

❶ 動詞（普通形）＋というか

この小説は泣けるというか笑えるというか、複雑な感情を抱かせる作品だ。　這本小說是催淚還是搞笑，是一部讓人產生複雜感情的作品。

❷ イ形容詞（普通形）＋というか

彼女の言葉は厳しいというか辛いというか、聞いていて心が痛む。　她的話語不知是嚴厲還是痛苦，聽了令人心痛。

❸ ナ形容詞＋というか

彼の性格は真面目というか几帳面というか、何事にも一生懸命だ。　他的性格可以說是認真，也可以說是一絲不苟，做事都全力以赴。

❹ 名詞＋というか

その料理は和食というか中華というか、どちらのテイストも感じられる。　那道料理不是算日式還是中式，總之能嘗到兩種風味。

◆ 進階跟讀挑戰

先週、友人の誕生日パーティーに招待された。彼女は料理が得意で、手作りの料理がたくさん並んでいた。特に印象的だったのは、カラフルなケーキだ。私たちは夜遅くまで話し、笑い、昔の思い出を語り合った。彼女が作ってくれた料理は、美味しいというか懐かしいというか、何とも言えない温かさがあった。

　上週，朋友邀請我參加生日派對。她很擅長做料理，桌上擺滿了她親手做的菜餚。最令人印象深刻的是那個色彩繽紛的蛋糕。我們一直聊到深夜，笑著分享過去的回憶。她做的菜不知該說是美味還是懷念，總之有一種難以言喻的溫悉感。

65 ～といったところだ
大概就是這樣～

◆ 文法解釋

用以表示說話者對某個數量或程度做出大約的估算，中譯為「大約…」、「差不多…」之意。為說話者的主觀判斷，而非客觀的數字。除了「～といったところだ」以外，另有「～というところだ」的說法，語意、用法相同。

◆ 常見句型

❶ 動詞（辭書形）＋といったところだ

接於動詞後面，表示「大概…」、「大致上…」之意。

❷ 數量詞＋といったところだ

接於數量詞後面，語意同上。

◆ 短句跟讀練習

❶ 動詞（辭書形）＋といったところだ

このプロジェクトが完成（かんせい）するのは来月（らいげつ）の中旬（ちゅうじゅん）になる**といったところです**。

這個項目完成大概會是在下個月中旬。

彼女の実力は入門者から中級者に移行するといったところだ。
她的實力大概是從入門程度到中級程度過渡的階段。

❷ 數量詞＋といったところだ

今日の最高気温は25度といったところです。
今天的最高氣溫大約是25度左右。

この仕事の給料は月30万円といったところだ。
這份工作的薪水大概是每月30萬日元左右。

◆ 進階跟讀挑戰

　先月、友人と九州を旅行した。福岡から始まり、熊本、鹿児島と南下していった。特に印象に残ったのは阿蘇山の雄大な景色だ。広大な草原が広がり、噴煙を上げる火口を眺めると自然の力強さを感じた。旅行中は地元の料理も楽しみ、温泉で疲れを癒した。全行程の費用は一人8万円といったところだった。得られた経験を考えれば十分価値があった。

　上個月，我和朋友去九州旅行。我們從福岡出發，往南經過熊本，一直到鹿兒島。給我留下最深印象的是阿蘇山的壯麗景色。望著遼闊的草原和冒著煙的火山口，讓我感受到大自然的強大力量。旅途中我們也品嚐了當地美食，浸泡在溫泉中消除疲勞。整個行程的費用大約是一人八萬日圓左右，考慮到獲得的體驗，這完全是值得的。

66 〜とはいえ
雖然如此〜

◆ 文法解釋

　　用以表達轉折語氣，在承認前面事實的同時，提出與預期不同的觀點或結果，中譯為「雖然…但是…」。可接於動詞、形容詞、名詞等各詞類之後，亦可作為接續詞接於句子和句子的中間。除了「とはいえ」之外，另有「とはいいながら、とはいうものの、とはいっても」等不同表達方式。為生硬的書面用語。

◆ 常見句型

❶ 動詞（普通形）＋とはいえ

　　接於動詞後面，表示在承認前面事實的同時，提出與預期不同的觀點和結果。

❷ イ形容詞（普通形）＋とはいえ

　　接於イ形容詞後面，語意同上。

❸ ナ形容詞＋（だ）＋とはいえ

　　接於ナ形容詞後面，語意同上。

❹ 名詞＋（だ）＋とはいえ

　　接於名詞後面，語意同上。

❺ 句子＋とはいえ

　　接於句子和句子中間，語意同上。

◆ 短句跟讀練習

❶ 動詞（普通形）＋とはいえ

株価が一時的に回復するとはいえ、根本的な経済構造の改革が行われない限り、長期的な安定は見込めない。

雖然股價暫時回復，但若不進行根本性的經濟結構改革，就無法期待長期穩定。

失敗したとはいえ、挑戦した勇気は立派だ。

雖然失敗了，但他挑戰的勇氣很值得讚賞。

❷ イ形容詞（普通形）＋とはいえ

当該論文は学術的価値が高いとはいえ、実社会への適用においては様々な課題が残されている。

雖然該論文的學術價值很高，但在應用於實際社會方面仍存在各種問題。

寒いとはいえ、真冬ほどではなかった。

雖然很冷，但還不到嚴冬那種程度。

❸ ナ形容詞＋（だ）＋とはいえ

本政策は理論上合理的だとはいえ、実施にあたっては予測不可能な要素が多分に含まれる。

雖然本政策在理論上是合理的，但在實施時包含許多不可預測之因素。

便利だとはいえ、使い方には注意が必要だ。

雖然方便，但使用時還是需要小心。

❹ 名詞＋（だ）＋とはいえ

当該施設は最新設備だとはいえ、運用体制の整備が伴わなければその効果を十分に発揮することはできない。

雖然該設施是最新設備，但若不伴隨運作體制的完善，就無法充分發揮其效果。

学生だとはいえ、責任は果たすべきだ。

雖然是學生，但也應該盡到責任。

❺ 句子＋とはいえ

少子高齢化は避けられない社会現象である。とはいえ、それを前提とした社会制度の再構築は未だ十分とは言えない。

少子高齡化是無法避免的社會現象。儘管如此，以此為前提的社會制度重建仍說不上已經足夠。

全力を尽くした。とは言え、結果が出なければ意味がない。

我已經盡了全力，然而如果沒有成果，那也沒有意義。

◆ 進階跟讀挑戦

　近年、人工知能や自動化技術の発展により産業構造が大きく変化している。特に製造業においては、従来人間が担っていた業務が次々と機械に置き換えられつつある。生産効率の向上や人的ミスの減少など、多くの恩恵がもたらされていることは確かである。技術革新が進むとはいえ、人間にしかできない創造性や柔軟な判断力を必要とする分野は依然として存在する。今後は技術と人間の能力がいかに共存し、相互補完的に機能するかが社会的課題となるだろう。

　近年來，由於人工智慧和自動化技術的發展，產業結構正經歷重大變革。特別是在製造業領域，傳統上由人類擔任的工作正逐漸被機器所取代。提高生產效率和減少人為錯誤等諸多益處確實已經顯現。儘管技術革新不斷進步，仍然存在著需要人類獨有創造力和靈活判斷力的領域。未來社會的重要課題將是技術與人類能力如何共存，並實現互補功能的協作方式。

67 〜といわず

不僅僅是〜

◆ 文法解釋

「〜といわず」本身為否定形態，透過否定前項內容表達對更高程度的期待或希望。後方常接「〜てください」、「〜しよう」、「〜たい」等表現，藉此表達不要滿足於較低標準，而應該追求更高目標之意。

◆ 常見句型

- 名詞＋といわず

  前接名詞，表示不僅限於該事物之標準，而是期待更高的目標之意。

◆ 短句跟讀練習

- 名詞＋といわず

国内(こくない)といわず、グローバルな視点(してん)で問題(もんだい)を考(かんが)えるべきだ。
不僅限於國內，應該以全球視角思考問題。

ビジネスといわずプライベートでも使(つか)える英語力(えいごりょく)を身(み)につけたい。
不僅是商務，也想擁有在私人場合也能派得上用場的英語能力。

物質的豊(ぶっしつてきゆた)かさといわず、精神的充実(せいしんてきじゅうじつ)も追求(ついきゅう)する社会(しゃかい)の構築(こうちく)が求(もと)められている。
不僅是物質豐富，也要追求精神充實的社會建設。

経済的利益といわず、社会的責任という観点からも企業活動を評価すべきではないだろうか。

不僅是經濟利益，也應該從社會責任的角度評價企業活動。

◆ 進階跟讀挑戰

現代の教育現場では、急速なデジタル化に伴い、様々な変革が求められている。従来の知識伝達型の教育手法だけでは、変化の激しい社会に対応できる人材を育成することが難しい。テクノロジーの進化により学習環境は大きく変わり、情報へのアクセスは容易になった。しかし、情報収集能力といわず、批判的思考力こそが重要である。今後の教育は知識習得だけでなく、問題解決能力を育むべきだろう。

現代教育場域中，隨著數位化的快速發展，各種變革已成為必然。僅依靠傳統的知識傳遞型教育方法，已難以培養能夠應對急遽變化社會的人才。科技的演進使學習環境產生重大轉變，資訊取得已變得容易許多。然而，不僅是資訊蒐集能力，批判性思考能力才是真正關鍵所在。未來的教育發展方向，不應侷限於單純的知識獲取，而是轉向培養問題解決能力的路徑。

68 〜ともあろうものが
作為〜應該要〜

◆ 文法解釋

　　此為用來表達強烈批評或責難之語氣，用於批評擁有特定社會地位或職業的人做出不符合其身分、地位所期待之事。後句經常以「とは」、「なんて」等表達驚訝之詞語呼應，並使用表達驚訝、憤怒或失望之語氣。句型當中的「もの」有時亦可使用「人」、「人物」等詞語代換。

◆ 常見句型

- 名詞＋ともあろうものが

　　接於表示職業、身分地位之名詞後方，用於批評。

◆ 短句跟讀練習

- 名詞＋ともあろうものが

　警察官（けいさつかん）ともあろうものが、信号無視（しんごうむし）をするなんて許（ゆる）せない。
　身為警察竟然闖紅燈，真是不可原諒。

　親（おや）ともあろうものが、子供（こども）を放置（ほうち）するとは何事（なにごと）だ。
　身為父母竟然把孩子丟著不管，這到底是怎麼一回事？

裁判官ともあろうものが、自身の偏見に基づいて判決を下すとは司法制度の根幹を揺るがす行為である。

身為法官竟然以自身偏見做出判決，這是動搖司法制度根基的行為。

情報セキュリティの専門家ともあろうものが、このような初歩的なミスを犯すとは、専門性に対する社会の信頼を損なうものと言わざるを得ない。

身為資訊安全專家竟然犯下這種基本錯誤，只能說這損害了社會對專業性的信任。

◆ 進階跟讀挑戰

昨日、驚くべきニュースが報じられた。県の教育委員長が教育予算を私的に流用していたというのだ。教育委員長ともあろうものが、子どもたちの未来のための資金を横領するとは、言語道断である。彼は常々、教育の重要性と透明性を説いてきた人物だ。その発言と行動の矛盾に、多くの市民は怒りと失望を隠せない。信頼回復には委員長の辞任と調査が必要だろう。

昨日報導了一則令人震驚的新聞。據說縣教育委員長私自挪用了教育預備金。身為教育委員長的人竟然挪用了為孩子們未來準備的資金，這是無法容忍的。他一向是個宣揚教育重要性和透明度的人物。面對他言行間的矛盾，許多市民無法掩飾憤怒和失望之情。要恢復信任，辭去委員長一職和徹底的調查是有所必要的。

69 〜ときたら
說到〜

◆ 文法解釋

　　此文法有兩種主要用法，第一種用法為接於名詞後方，表達「說到…」、「提到…」，用以對自己所熟悉的事物表達強烈的批判或不滿。第二種用法則可接於名詞、形容詞、動詞等多種詞性之後，表達「若是該情況的話，理所當然會…」之意，可用於表達正面情況，亦可用於負面情況。為口語之用法。

◆ 常見句型

❶ 名詞＋ときたら

接於名詞後方，表示對該事物表達批判或不滿。

❷ 動詞（辭書形・ない形）＋ときたら

接於動詞後方，表達對於該狀況的必然性。是比較少見的用法。

❸ イ形容詞＋ときたら

接於イ形容詞後方，語意、用法同上。

❹ ナ形容詞＋ときたら

接於ナ形容詞後方，語意、用法同上。

❺ 名詞＋ときたら

接於名詞後方，語意、用法同上。

◆ 短句跟讀練習

❶ 名詞＋ときたら

うちの上司ときたら、締め切り直前に仕事増やしてくるし、もう勘弁してほしいよ。

我上司啊，老是在截止日期前增加工作量，拜託饒了我吧。

子どもときたら、ちょっと目を離したすきにどこかへ行っちゃうんだから、目が離せないよ。

說到小孩子啊，一轉眼就不知道跑去哪裡了，真的不能放鬆警惕。

❷ 動詞（辭書形／ない形）＋ときたら

スマホを忘れるときたら、もう一日中落ち着かないよね。

如果忘了帶手機的話，整天都會坐立難安吧。

寝坊するときたら、大事な会議の日に限ってなんだから困るよ。

說到睡過頭啊，偏偏都是在重要會議的日子，真是讓人頭疼。

❸ イ形容詞＋ときたら

この道は危ないときたら、夜は絶対に通らないほうがいいよ。

這條路很危險，晚上最好不要走。

寒いときたら、家から一歩も出たくなくなるよね。

說到冷的話啊，就一點都不想出門呢。

❹ ナ形容詞＋ときたら

彼女(かのじょ)はきれいときたら、男性(だんせい)からのアプローチが絶(た)えないよね。

她長得漂亮，因此男性的追求不斷。

便利(べんり)ときたら、このスマートフォンほど役(やく)に立(た)つものはないよ。

說到方便的話，沒有比這支智慧型手機更實用的了

❺ 名詞＋ときたら

お祭(まつ)りときたら、やっぱり屋台(やたい)が楽(たの)しみだよね。

說到祭典的話，果然攤販最令人期待了。

夏休(なつやす)みときたら、海(うみ)や山(やま)に出(で)かけたくなるよね。

說到暑假啊，就會想去海邊或山上玩耍呢。

◆ 進階跟讀挑戰

兄ときたら、本当に困ったもんだよ。毎日帰りが遅いし、部屋は散らかし放題。昨日なんて、私のゲームディスクを勝手に持ち出して友達に貸しちゃったんだよ。それは週末にやろうと思ってたのに！母さんに言っても「男の子だから」って許しちゃうし。でもさ、私が困ってるときは必ず助けてくれるんだ。先週も駅で財布忘れたとき、わざわざ届けてくれたし。兄妹って複雑だよね。

　我哥真的超煩的。每天回家都超晚，房間也亂七八糟的。昨天居然還擅自拿走我遊戲光碟借給他朋友！那片遊戲本來是想週末玩的說！就算跟媽說，她也只會說：「男生嘛！」就原諒他了。不過，當我有困難的時候，他總是會幫我就是了。上週我在車站忘了錢包，他還特地幫我送過來。兄妹這種關係真的很複雜欸。

70 〜ところ
在某種情況下〜

◆ 文法解釋

　　此文法表示「正…的時候」、「在…之中」，用於表達對方正處於某種情況時打擾了對方。經常後接「ありがとうございます（謝謝）」、「申(もう)し訳(わけ)ありません（抱歉）」、「お願(ねが)いいたします（拜託）」等表達感謝、道歉的句子。

◆ 常見句型

❶ 名詞＋の＋ところ（を）

　　接於名詞之後，表示處於該情況，常見表現有「お急(いそ)ぎ（急）」、「お休(やす)み（休息）」、「ご多忙(たぼう)（忙碌）」、「お取(と)り込(こ)み中(ちゅう)（正在忙）」等。

❷ イ形容詞＋ところ（を）

　　接於イ形容詞之後，表示處於該情況，常見表現有「お忙(いそが)しい（忙碌）」。

◆ 短句跟讀練習

❶ 名詞＋の＋ところ（を）

ご多用(たようちゅう)中のところを恐縮(きょうしゅく)ではございますが、弊社(へいしゃ)の新規(しんき)事(じ)業計画(ぎょうけいかく)についてご意見(いけん)を賜(たまわ)りたく存(ぞん)じます。

非常抱歉在您百忙之中打擾，想請教您對本公司新事業計劃的意見。

深夜のところを誠に恐れ入りますが、明朝の会議資料に関して至急ご確認いただきたい事項がございます。

非常抱歉在深夜打擾您，有關明早會議資料的事項需要您緊急確認。

❷ イ形容詞＋ところ（を）

お忙しいところを恐縮ではございますが、昨日お送りした企画書へのご所見をいただければ幸いです。

非常抱歉在您忙碌時打擾，如能得到您對昨天發送的企劃書的意見，將不勝感激。

お寒いところをご足労いただき、誠にありがとうございます。　非常感謝您在寒冷天氣中前來。

◆ 進階跟讀挑戰

引っ越しのところでいろいろとバタバタしてしまい、大切な書類をどこにしまったのか分からなくなってしまったの。段ボールが山のように積まれていて探す気にもなれないし、どこから手をつけていいのかも分からない。

　搬家的時候一團亂，結果重要的文件放到哪裡去了也搞不清楚了。紙箱堆得像山一樣高，根本沒心情去找，也不知道該從哪裡開始著手。

隨堂考⑦

❶ 請選擇最適合填入空格的文法

1. チームの勝利のため（　　　）、自分の出番は二の次だ。
   1. っきり　　　2. とあれば　　　3. となると　　　4. やなにか

2. この服は、可愛い（　　　）、派手（　　　）、人によって好みが分かれそう。
   1. となれば、となれば　　　2. とみえて、とみえて
   3. ともなって、ともなって　　4. というか、というか

3. お忙しい（　　　）、わざわざお越しいただきありがとうございます。
   1. ではあるが　　2. とばかりに　　3. ところを　　4. にしたって

4. 進捗状況は予定の7割（　　　）。
   1. べからず　　　　　　　2. を余儀なくさせる
   3. かのごとし　　　　　　4. といったところだ

5. 商品に異物が混入していたなんて、返金だけでは（　　　）。
   1. 済まない　　2. なかろうか　　3. なかったか　　4. あるまいし

6. 新製品発表（　　　）、マスコミも注目している。
   1. とあって　　　　　　　2. にしたがって
   3. にかわって　　　　　　4. ながらに

7. 部長（＿＿＿）、人の手柄を自分のものにするんだから。
　1. といわず　　2. といっても　3. ときたら　　4. としたら

❷ 請選擇最適合填入空格的文法

　先日、友人の結婚式のスピーチを頼まれた。親友①（＿＿＿）、幼なじみなので特別な言葉を準備したい。スピーチの長さは3分②（＿＿＿）。緊張するタイプだが、友人のためなので断るわけにはいかなかった。準備もせずに臨むのは失礼③（＿＿＿）から、今から原稿を書いている。人前で話すのは苦手④（＿＿＿）、これは特別な機会だから頑張ろう。先輩にも相談したら、お忙しい⑤（＿＿＿）アドバイスをくれた。友人の思い出や二人の関係性についてのエピソードを入れるといいと言われた。残り一週間、心を込めて準備しようと思う。

① 1. ではないまでも　　2. と言えず　　3. といわず　　4. となると

② 1. といったところだ　　　　　2. ではないこともない
　 3. にかたくない　　　　　　　4. しまつだ

③ 1. ではすまない　　　　　　　2. でしかたがない
　 3. ではいられない　　　　　　4. でもあるまいし

④ 1. というか　　　　2. とはいえ　　3. どころか　　4. とすると

⑤ 1. ながら　　　　　　　　　　2. にかかっては
　 3. において　　　　　　　　　4. ところ

71 〜というものは
所謂的〜

◆ 文法解釋

　　此文法主要分為兩種形式，分別是前接名詞的「〜というものは」和前接句子的「〜ということは」。前者主要用以談論事物的本質或特性，常帶有說話者的情感性色彩和哲理性思考；後者則多用以表示邏輯推導或結論。口語表現上亦有「〜ってことは」的說法。

◆ 常見句型

❶ 名詞＋というものは

　　前接名詞，將該名詞當作話題，討論該事物的本質或特性。

❷ 句子（普通形）＋ということは

　　前接句子，將該事物當作話題，推導邏輯或下結論。

◆ 短句跟讀練習

❶ 名詞＋というものは

友情(ゆうじょう)というものは、時間(じかん)をかけて育(はぐく)むものだ。
友情這種東西，是需要時間來培養的。

恋愛(れんあい)というものは、理屈(りくつ)では説明(せつめい)できない不思議(ふしぎ)なものだ。
戀愛這種東西，是無法用道理解釋的奇妙事物。

❷ 句子（普通形）＋ということは

返事がないということは、断られたということかもしれない。

他沒有回覆，這可能意味著被拒絕了。

彼女が笑顔で挨拶したということは、もう怒っていないということだろう。

她笑著打招呼，這大概表示她不再生氣了。

◆ 進階跟讀挑戰

人生というものは、計画通りにはいかないものだ。若いときには、明確な目標を立て、それに向かって一直線に進めば成功すると考えていた。しかし実際は違う。転職を繰り返し、予期せぬ出会いがあり、時には挫折も経験する。そうした予想外の出来事が、今の自分を作っているということは間違いない。失敗したと思っていたことが、後から見れば貴重な経験だったと気づくことも多い。人生というものは、曲がりくねった道のりこそが本質なのかもしれない。

　　人生這種東西，從來不會按照計畫進行。年少時，我們以為只要設定明確目標，朝著它直線前進就能成功。然而現實遠非如此。在更換工作、遭遇意外相遇的同時，有時也會經歷挫折。毫無疑問，正是這些始料未及的事件，塑造了今日的自己。許多當時認為是失敗的經歷，事後回顧卻發現是珍貴的體驗。人生的本質，或許正是在於這條蜿蜒曲折的旅程。

72 〜としたことが
作為〜卻〜

◆ 文法解釋

前接表示人物的名詞，用以表達該人物的形象與實際行為的反差。經常後接表示驚訝、意外、批評的語氣。

◆ 常見句型

- **名詞＋としたことが**

  前接表示人物的名詞，用以表達該人物的形象與實際行為的反差。

◆ 短句跟讀練習

- **名詞＋としたことが**

  私(わたし)**としたことが**、スマホを家(いえ)に忘(わす)れてくるなんて。
  我竟然把手機忘在家裡了。

  母(はは)**としたことが**、私(わたし)の誕生日(たんじょうび)を間違(まちが)えるなんて信(しん)じられない。
  媽媽竟然把我的生日搞錯了，真是難以置信。

  私(わたし)**としたことが**、かねてから準備(じゅんび)していたプレゼンテーションで緊張(きんちょう)のあまり言葉(ことば)に詰(つ)まるとは、全(まった)く情(なさ)けない失態(しったい)だった。
  我竟然在準備已久的簡報上因為緊張而說不出話，真是非常丟臉。

常に几帳面な彼女としたことが、重要な契約書の確認を怠るとは、相当の疲労が蓄積していたのではないだろうか。

一向細心的她，竟然疏忽確認重要合約，是不是積累了相當程度的疲勞呢？

◆ 進階跟讀挑戰

堅実な性格で知られる田中さんは、いつも時間通りに来る人です。でも今日、大事な会議の日に、彼が遅刻してきました。田中さんとしたことが、慌てた様子で会議室に入ってくるなんて、皆びっくりしました。あとで聞いたら、電車が止まったそうです。いつも完璧な人でも、予想外のことはあるんですね。この出来事を見て、私は何だか安心しました。完璧な人も時には失敗することがあるんだなと思ったからです。

以穩重性格著稱的田中，是個一向準時的人。但今天，在重要會議的日子，他竟然遲到了。向來守時的田中居然一臉慌張地衝進會議室，大家都嚇了一跳。後來聽說是因為電車停駛了。即使是完美的人，也會有意料之外的事情發生。看到這件事，我不知為何感到安心。因為我發現到，即使是完美的人有時也是會犯錯的。

73 〜としてあるまじき
不應該作為〜

◆ 文法解釋

用於批評某人的行為與其身分或職業不相符合。為生硬的書面用語，主要用於媒體、社論等。中譯為「身為…不應該有的…」。

◆ 常見句型

❶ 名詞A＋として＋あるまじき＋名詞B

名詞A為表示身分的名詞，名詞B則為表示行為的名詞，用以表達該身分所不應有的行為。

❷ 名詞A＋に＋あるまじき＋名詞B

名詞A為表示身分的名詞，名詞B則為表示行為的名詞，語意同上。

◆ 短句跟讀練習

❶ 名詞A＋として＋あるまじき＋名詞B

当該団体の活動は、非営利組織としてあるまじき利益相反行為と認定せざるを得ない。

該團體的活動，不得不認定為作為非營利組織不應有的利益衝突行為。

弁護士会は、法曹としてあるまじき偽証教唆に対し、厳格なる処分を科すものとする。

律師公會對作為法律界人士不應有的教唆偽證行為，將科以嚴格處分。

❷ 名詞A＋に＋あるまじき＋名詞B

当該発言は外交官にあるまじき軽率な言動として国際的批判を招いている。

該發言為作為外交官不應有的輕率言行，招致國際批評。

公務員にあるまじき収賄行為が発覚し、厳正なる処分が下された。

公務員不應有的收賄行為被揭發，已作出嚴正處分。

◆ 進階跟讀挑戰

　本委員会は、当該教育機関における運営実態調査の結果、学生募集に関わる虚偽広告、財務諸表の不透明性、及び個人情報管理体制の欠如が確認された。特に学生情報の第三者提供は、教育機関としてあるまじき守秘義務違反である。よって本委員会は改善勧告書を提出し、関係者に対し速やかなる是正措置の実施を要請するものである。

　教育機構不當行為調查報告，本委員會調查該教育機構營運實態後，確認學生招募的虛假廣告、財務報表不透明及個人資料管理制度缺失等問題。特別是將學生資料提供給第三方，是作為教育機構不應有的保密義務違反。因此本委員會提交改善勸告書，要求相關人士迅速實施糾正措施。

74 ～とて
即使如此～

◆ 文法解釋

接於名詞之後，表示某特殊的人事物也與其他同類對象一樣，不存在例外。中譯為「即使是…也…」、「就連…也…」。這是語感上為較古老的用法，現代文通常以「～でも」、「～だって」來代替。

◆ 常見句型

- 名詞＋とて

接於名詞之後，表示某特殊的人事物也與其他同類對象一樣，不存在例外。

◆ 短句跟讀練習

- 名詞＋とて

国家元首（こっかげんしゅ）とて法律（ほうりつ）の枠組（わくぐ）みを超（こ）えることは許（ゆる）されない。
即使是國家元首也不允許超越法律框架。

高度（こうど）な技術（ぎじゅつ）を持（も）つ技術者（ぎじゅつしゃ）とて日々（ひび）の研鑽（けんさん）が欠（か）かせない。
即使是擁有高超技術的技術人員也不可缺少每日的鑽研。

歴史的建造物（れきしてきけんぞうぶつ）とて現代（げんだい）の安全基準（あんぜんきじゅん）に適合（てきごう）させる必要性（ひつようせい）がある。
即使是歷史建築物也有必要符合現代安全標準。

世界的企業とて経済危機の影響を免れず、損失を被った。

即使是世界級企業也無法避免經濟危機的影響，蒙受了損失。

◆ 進階跟讀挑戰

　私たちは常に自分の限界を超えようと努力している。スポーツ選手は記録を更新し、学者は新しい発見をし、芸術家は革新的な作品を生み出す。しかし、天才とて完璧ではない。アインシュタインとて誤った理論を発表したこともあり、ピカソとて批評家に酷評された作品もある。私たち凡人はその事実に励まされるべきだ。誰もが失敗を経験し、限界に直面する。それを認識し、それでも前進し続けることが、真の成長への道なのだろう。

　我們總是努力超越自己的極限。運動員更新紀錄，學者做出新發現，藝術家創造創新作品。然而，即使是天才也不是完美的。即使是愛因斯坦也曾發表過錯誤的理論，即使是畢卡索也有被評論家嚴厲批評的作品。我們這些平凡人應該從這個事實中獲得鼓勵。每個人都會經歷失敗，面臨極限。認識到這一點，並仍然繼續前進，大概才是通往真正成長的道路。

75 〜ともなると／ともなれば
一旦到了〜就會〜

◈ 文法解釋

　　此文法用於表達當某種情況或條件出現時所帶來的結果，通常後句帶有必然性或理所當然等語感在。除了「〜ともなると」以外，另有「〜ともなれば」的說法，兩者語意、用法基本上相同。

◈ 常見句型

❶ 動詞（辭書形）＋ともなると／ともなれば

接於動詞後方，表示若達成某種行為或狀態時，就會產生後方的結果。

❷ 名詞＋ともなると／ともなれば

接於名詞後方，語意、用法同上。

◈ 短句跟讀練習

❶ 動詞（辭書形）＋ともなると／ともなれば

会社（かいしゃ）を経営（けいえい）するともなれば、休日（きゅうじつ）も頭（あたま）から離（はな）れない。
要經營公司的話，即使在假日也無法不去想它。

マラソンに参加（さんか）するともなると、数ヶ月（すうげつ）の練習（れんしゅう）が必要（ひつよう）になる。
要參加馬拉松的話，需要練習好幾個月。

❷ 名詞＋ともなると／ともなれば

管理職ともなると、自分だけでなく部下の成果も責任を負うことになる。

擔任管理職的話，不只是自己，也要對部下的成果負責。

クリスマスともなると、街中がイルミネーションで彩られる。

一到聖誕節，整條街道就會被霓虹燈照得五彩繽紛。

◆ 進階跟讀挑戰

　　緊張で眠れない夜を過ごした後、ついに彼女との初デートの日がやってきた。髪型を何度も直し、服装も三回も着替えた。待ち合わせ場所に着くと、彼女はまだ来ていない。初デートともなると、相手の印象を気にするあまり、五分の遅れでさえ永遠に感じるものだ。ようやく彼女が現れた時、彼女も緊張で服を三回着替えたと言い、二人で大笑いした思い出は今でも鮮明に残っている。

　　度過因緊張而無法入睡的夜晚後，終於迎來了與她的初次約會。反覆整理髮型，還換了三次衣服。到達約定地點時，她還沒來。一到初次約會，就會因過度在意對方的印象，讓五分鐘的遲到都感覺像永遠。當她終於出現時，她說她也因緊張換了三次衣服，我們因此大笑的回憶至今仍然清晰。

76 〜と言(い)えなくもない
可以說不無道理〜

◆ 文法解釋

此文法透過雙重否定的方式，來委婉地肯定某事物。經常後接表示逆接的「〜が」、「〜けど」，以暗示雖然某種程度上承認事實，但同時有所保留。

◆ 常見句型

❶ 動詞（普通形）＋と言(い)えなくもない

接於動詞後方，來委婉地肯定該狀況。

❷ イ形容詞（普通形）＋と言(い)えなくもない

接於イ形容詞後方，語意同上。

❸ ナ形容詞（＋だ）＋と言(い)えなくもない

接於ナ形容詞後方，語意同上。

❹ 名詞（＋だ）＋と言(い)えなくもない

接於名詞後方，語意同上。

◆ 短句跟讀練習

❶ 動詞（普通形）＋と言(い)えなくもない

長(なが)い間(あいだ)の治療(ちりょう)で、症状(しょうじょう)が改善(かいぜん)されたと言(い)えなくもない。

經過長時間的治療，症狀也可以說是有所改善。

❷ イ形容詞（普通形）＋と言えなくもない

この新しいスマホは使いやすいと言えなくもないが、バッテリーの持ちが悪い。

這款新的智慧型手機可以說是容易使用，但電池續航力不佳。

❸ ナ形容詞（＋だ）＋と言えなくもない

彼の判断は適切だと言えなくもないが、もう少し慎重さが必要だろう。　他的判斷可以說是適當的，但可能需要再謹慎一點。

❹ 名詞（＋だ）＋と言えなくもない

彼の行動はチャレンジだと言えなくもないが、単なる無謀さとも取れる。　他的行動也可以說得上是挑戰，但也可能只是魯莽。

◆ 進階跟讀挑戰

　先週末、友人に誘われて生まれて初めて富士山に登った。標高3776メートルの日本一高い山に挑戦するのは想像以上に大変だった。途中で何度も諦めそうになったが、周りの登山者たちの励ましでなんとか続けられた。頂上からの景色は素晴らしいと言えなくもないが、濃い霧で遠くまで見渡せなかったのが残念だった。それでも、自分の限界を乗り越えた達成感は格別だった。

　上週末，在朋友的邀請下我第一次爬了富士山。挑戰日本最高的3776公尺高山比我想像的還要艱難。途中多次幾乎放棄，但在周圍登山者的鼓勵下勉強繼續前進。雖然山頂的景色是很棒，但因為濃霧無法看得很遠，令人感到遺憾。儘管如此，克服自我極限的成就感還是特別地棒。

77 ～と言っても
雖然這麼說但～

◇ 文法解釋

用以表達轉折語氣，表示「雖說…但是…」之意。可以用來表達轉折語氣、弱化前項句子的敘述、修正對方過高的期待等。

◇ 常見句型

❶ 動詞（普通形）＋と言っても

接於動詞後方，表示轉折語氣。

❷ イ形容詞（普通形）＋と言っても

接於イ形容詞後方，用法同上。

❸ ナ形容詞（＋だ）＋と言っても

接於ナ形容詞後方，用法同上。

❹ 名詞（＋だ）＋と言っても

接於名詞後方，用法同上。

❺ 句子1＋と言っても＋句子2

接於兩個句子之間，用法同上。

◆ 短句跟讀練習

❶ 動詞（普通形）＋と言っても

料理ができると言っても、カレーライス程度の簡単なものだけだ。

雖說會做料理，但只是咖哩飯這類簡單的而已。

毎日ランニングしてると言っても、家の周りを10分走るだけなんだけどね。

雖說每天都有在跑步，但其實只是繞家附近跑個10分鐘而已啦。

❷ イ形容詞（普通形）＋と言っても

寒いと言っても、故郷のマイナス20度と比べれば、東京の冬など子供の遊びに過ぎない。

雖說冷，但跟家鄉的零下20度相比，東京的冬天不過是小孩子的玩意兒。

高いと言っても、このジャケットはセールで半額だったのよ。

雖說這件外套很貴，但其實是打對折買的唷。

❸ ナ形容詞（＋だ）＋と言っても

スタッフは親切だと言っても、表面上の対応だけで、本当に困ったときには助けてくれないかもしれない。

雖說服務員很親切，但只是表面上的應對，真正遇到困難時可能不會幫忙。

有名だと言っても、地元だけで知られている程度の話だ。

雖說他很有名，但也只是地方上的小有名氣罷了。

❹ 名詞（＋だ）＋と言っても

東京での就職だと言っても、実際は郊外のオフィスで、都心の華やかさとは無縁の生活だ。

雖説是在東京就職，但實際上是在郊外的辦公室，與都心的繁華無緣。

一人旅だと言っても、現地では友達と合流する予定だ。

雖説是獨自旅行，但其實會在當地跟朋友會合的啦。

❺ 句子1＋と言っても＋句子2

料理の腕が上がった。と言っても、まだまだ母の味には及ばない。

廚藝提升了。不過，還是比不上媽媽的手藝。

ピアノが弾けるようになった。と言っても、簡単な曲をなんとか弾けるくらいだけど。

我已經會彈鋼琴了。不過，也只是能勉強彈一些簡單的曲子而已。

◆ 進階跟讀挑戰

　先週、ネットの限定セールで憧れのブランドバッグを購入した。公式サイトより30%オフだったので即決。到着を楽しみに待っていたが、届いた商品を見て驚いた。限定品だと言っても、実際は旧モデルで素材も想像と違った。サイズも小さく、使いづらそうだ。返品しようとしたが、セール品は返品不可と気づいた。便利なネットショッピングだが、実物を確認できないリスクは常にある。

　上週在網路限定特賣中買了嚮往已久的品牌包。比官網便宜30%所以立即決定下單。滿心期待地等待到貨，但收到商品後卻令人傻眼。雖說是限定商品，但其實是舊款，材質也與想像中不同。尺寸也小，感覺不易使用。想退貨時才發現特賣商品無法退貨。便利的網購背後，始終存在無法確認實物的風險。

78 〜ながら
雖然〜但仍然〜

◆ 文法解釋

接於兩個句子之間，表達轉折語氣，前後句為看似矛盾的兩個情況同時存在。與「が」、「けれども」、「のに」等用法相近。一般來說，前接的動詞、形容詞、名詞皆為狀態性，而非動作性。

◆ 常見句型

① 動詞（ます形去ます）＋ながら

接於表示狀態的動詞後方，表示轉折語氣。

② イ形容詞＋ながら

接於イ形容詞後方，語意同上。

③ ナ形容詞＋ながら

接於ナ形容詞後方，語意同上。

④ 名詞＋ながら

接於名詞後方，語意同上。

⑤ 副詞＋ながら

接於副詞後方，語意同上。

◆ 短句跟讀練習

① 動詞（ます形去ます）＋ながら

プロの技術を持ちながら、
彼は謙虚な姿勢を崩さない。
雖然擁有專業技術，但他始終保持謙虛的態度。

❷ イ形容詞＋ながら

若いながら、彼は驚くほどの知識と洞察力を持っている。
雖然年輕，但他擁有令人驚訝的知識和洞察力。

❸ ナ形容詞＋ながら

田舎の生活は不便ながら、都会では味わえない魅力がある。
郷村生活雖然不便，但有著都市無法體驗的魅力。

❹ 名詞＋ながら

敵ながら、その戦略は見事であり、敬意を表さずにはいられない。
雖然是敵人，但那戰略真是精彩，不得不表示敬意。

❺ 副詞＋ながら

ゆっくりながら、プロジェクトは着実に進んでいる。
雖然緩慢，但專案正穩步推進。

◆ 進階跟讀挑戰

町はずれの小さな神社を訪れた。由緒ある神社ながら、訪れる人は少ないという。神主は神社の歴史を語ってくれた。忙しい日常から離れ、心が浄化される体験だった。

　我拜訪了城鎮邊緣的一座小神社。雖然是歷史悠久的神社，但據說來訪的人很少。神主為我講述了神社的歷史，這是一次遠離日常忙碌、讓心靈得到淨化的體驗。

79 ～ないとも限らない
不一定不會有～

◆ 文法解釋

　　用雙重否定句的形態，表達「不一定不會…」或「也有可能會…」之意。用於強調看似可能性不高，但仍有其可能性的狀況。第二種用法為前接形容詞用，表示

◆ 常見句型

❶ 動詞（ない形）＋とも限らない

前接動詞否定形，表示雖然可能性很低，但還是有其可能性之意。

❷ イ形容詞（去い加くない）＋とも限らない

前接イ形容詞否定形，用法同上。

❸ ナ形容詞＋ではない＋とも限らない

前接ナ形容詞否定形，用法同上。

❹ 名詞＋ではない＋とも限らない

前接名詞句否定形，用法同上。

◆ 短句跟讀練習

❶ 動詞（ない形）＋とも限らない

彼が来ないとも限らないので、少し待ちましょう。

也不能說他一定不會來，我們稍微等一下吧。

❷ イ形容詞（去い加くない）＋とも限らない

天気が悪くないとも限らないから、傘を持って行ったほうがいいよ。

也不能說天氣一定不會變差，帶把傘比較好喔。

❸ ナ形容詞＋ではない＋とも限らない

この提案が現実的ではないとも限らない。

這個提案也不見得不切實際。

❹ 名詞＋ではない＋とも限らない

すべての人が同じ考えではないとも限らない。

也不一定每個人都會有不同想法。

◆ 進階跟讀挑戰

何気なくSNSに投稿した内容から、自宅の場所や行動パターンが知られてしまうこともある。悪意を持った人がそれを利用し、トラブルに巻き込まれないとも限らない。便利なツールだからこそ、自分の身を守る意識が求められている。

　有時候不經意的在SNS貼文，也可能讓人知道你住在哪裡、平常的行動模式是什麼。如果被心懷不軌的人利用，就有可能會惹上麻煩。正因為社群媒體這種工具很方便，我們更需要有保護自己的意識。

80 ～ないまでも
雖然不能～但至少可以～

◆ 文法解釋

用於描述即使無法達到較高程度，但至少可達到或應達到較低程度的情況。前件必須比後件程度高。句末常接表達義務、意志或希望的表現方式。適用於提出妥協方案、調整期望或婉轉建議的場合，用以表達「退而求其次」的情況。

◆ 常見句型

- **動詞（ない形）＋までも**

  前接動詞否定形，表示就算無法達到該程度，但也應達到較低程度之意。

◆ 短句跟讀練習

- **動詞（ない形）＋までも**

  完璧な英語を話せ**ないまでも**、日常会話くらいはできるようになりたい。
  即使說不出完美的英語，至少也想達到能進行日常對話的程度。

  毎日ジムに行か**ないまでも**、週に二回は運動するようにしている。
  即使不是每天去健身房，也至少要每週運動兩次。

完全な解決策を提示できないまでも、問題の本質を明らかにしたことには大きな意義がある。

即使無法提出完整的解決方案，但闡明問題本質也有很大的意義。

専門家レベルの知識を持たないまでも、議論に参加するには基本的な概念くらいは把握しておくべきだろう。

即使沒有專家級的知識，但要參與討論至少應該掌握基本概念吧。

◆ 進階跟讀挑戰

子供の頃、宇宙飛行士になるのが夢だった。星や宇宙の神秘に魅了され、天文学の本を読み漁った。しかし、大人になると、夢と現実のギャップを感じるようになった。厳しい選抜試験や体力的な条件など、様々な壁がある。宇宙飛行士になれないまでも、天文台で働いたり、子供たちに宇宙の魅力を教えたりする道もある。大切なのは、形を変えても宇宙への情熱を持ち続けることだ。

　　小時候，我夢想成為一名太空人。因為被星星和宇宙的神秘所吸引，我閱讀了許多天文學書籍。然而長大後，我開始感受到夢想與現實之間的差距。嚴格的選拔考試和體能條件等，存在著各種障礙。但即使不能成為太空人，我也可以在天文台工作，向孩子們傳授宇宙的魅力。重要的是，即使形式不同，也要維持對宇宙的熱情。

隨堂考⑧

1 請選擇最適合填入空格的文法

1. 有名人（＿＿＿）、まだデビューしたばかりの新人です。
   1. と言えば　　2. と言っても　　3. といわず　　4. というものは

2. 戦争中（＿＿＿）、人々はささやかな幸せを求めていた。
   1. とて　　　　2. とすれば　　3. どころか　　　4. ときたら

3. プロに（＿＿＿）、趣味としては続けたいと思っている。
   1. なろうとも　　　　　　　2. ならでは
   3. ならびに　　　　　　　　4. なれないまでも

4. 小さい子ども（＿＿＿）、周りの空気をよく読んでいる。
   1. つつ　　　　2. ゆえに　　　3. ながら　　　　4. ともかく

5. 一国のリーダー（＿＿＿）、国民の不安を煽るような発言をするとは、責任の重さを理解していないとしか思えない。
   1. としたことが　　　　　　2. ときたら
   3. 次第　　　　　　　　　　4. もさることながら

6. 試験前日（＿＿＿）、みんなピリピリしている。
   1. もかまわず　2. のいたり　　3. にひきかえ　　4. ともなると

7. 部長の判断は厳しすぎる（＿＿＿）、会社の立場から見れば妥当です。

　　1. によらず　　　　　　2. と言えなくもないが
　　3. にもまして　　　　　4. といわず

❷ 請選擇最適合填入空格的文法

友情①（＿＿＿）、時間をかけて育むものだ。先日、高校時代の友人と久しぶりに会った。大人②（＿＿＿）、忙しさを理由に連絡が途絶えがちになる。彼から「もう会えないかもしれない」と連絡が来たとき、最悪の事態を想像した。病気か何か深刻な問題では③（＿＿＿）と心配した。実際に会うと、彼は海外転勤が決まったのだという。友人④（＿＿＿）言動だと少し怒ったが、彼らしい冗談だった。毎月⑤（＿＿＿）、せめて年に一度は会おうと約束した。友情は距離が離れても続けられる。これからも大切にしていきたい関係だ。

① 1. どころか　　2. につき　　　3. ばかりか　　　4. というものは
② 1. にもまして　2. ともなると　3. ずくめ　　　　4. だなんて
③ 1. ないとも限らない　　　　　2. ないかしら
　 3. なくともよい　　　　　　　4. と目されている
④ 1. につけ　　　　　　　　　　2. にともなって
　 3. としてあるまじき　　　　　4. につれて
⑤ 1. 会えないまでも　　　　　　2. 会える見込み
　 3. 会えないのみならず　　　　4. 会えっこない

81 〜ないものか
能不能…啊？

◆ 文法解釋

　　接於動詞否定句（或可能形的否定形）之後，表示對某一動作、變化所抱持的強烈實現願望。多用於實現困難或目前尚無解決方法的情況下。說話者往往會抱持著「儘管知道困難，仍希望有可能實現」的心情。另有「〜ないものだろうか」的說法。

◆ 常見句型

- 動詞（ない形）＋ものか

　　接於動詞否定形（或可能形的否定形）表示對該動作或變化抱持著實現願望。

◆ 短句跟讀練習

- 動詞（ない形）＋ものか

道路の渋滞をどうにか減らせないものか。
交通堵塞有沒有辦法改善啊。

毎朝の満員電車をなんとか避けられないものか。
能不能不要每天早上擠電車啊。

教育格差をなくすために、もっと効果的な政策を導入できないものだろうか。
為了消除教育落差，是否能導入更有效的政策？

忙しすぎる現代社会で、人間らしい生活を取り戻す方法を模索できないものだろうか。
在忙碌的現代社會中，是否有方法能找回更人性化的生活方式？

◆ 進階跟讀挑戰

朝の支度で一番時間がかかるのは、やっぱり化粧だ。すっぴんでは外に出たくないけれど、毎日フルメイクをするのも正直面倒だ。ナチュラルに見えるように気をつけているつもりでも、「今日は疲れてる？」なんて言われると、少し落ち込む。簡単で、しかも自然に見えるメイク方法が見つからないものかと、動画を見ながら毎朝研究している。

　　早上準備最花時間的，果然還是化妝。雖然不想素顏出門，但每天化全妝其實也滿麻煩的。雖然想盡量畫得自然一點，可是一聽到別人說：「妳今天是不是很累？」還是會有點受傷。最近我每天早上邊看影片邊研究，有沒有什麼簡單又能畫出自然妝感的化妝方法呢？

82 ～ながらに
保持著～的狀態

◆ 文法解釋

　　接於名詞、動詞之後，表示沒有產生變化、一直保持該狀態之意。此用法大多為固定用法，多為「生まれながら（生來）、昔ながら（從前）」等表示與生俱來的狀態、從以前到現在的習慣，或「涙ながらに（邊流淚邊）」等表示某種情感、氛圍的用法。後接名詞時，則使用「～ながらの」的形態。

◆ 常見句型

❶ 動詞（ます形去掉ます）＋ながら（に）

　　接於動詞之後，表示從該動作之後不再產生改變之意。

❷ 名詞＋ながらの

　　接於名詞之後，語意同上。

◆ 短句跟讀練習

❶ 動詞（ます形去掉ます）＋ながら（に）

人間は生まれながらに平等であるべきだ。
人類應該天生就是平等的。

人間は生まれながらに孤独を抱えて生きているのかもしれない。

人類也許天生就注定是孤獨的。

❷ 名詞＋ながらの

この町には昔ながらの景色が残っている。

這個城鎮仍保有傳統的風貌。

この地域には伝統ながらの行事が今も息づいている。

這個地區仍保有傳統的慶典活動。

◆ 進階跟讀挑戰

　時代が変わっても、昔ながらの風習や行事には人々の思いが込められている。たとえ形が少しずつ変化しても、その中にある「大切なものを守りたい」という気持ちは変わらない。新しいものを取り入れつつも、残すべきものを見極めることが、これからの社会に求められているのではないだろうか。

　即使時代不斷更迭，人們對於傳統習俗與儀式所寄託的情感依然深厚。即便形式有所變化，那份「想守住珍貴事物」的心意始終如一。在接受新事物的同時，能否看清哪些價值值得傳承，正是未來社會所需要之能力。

83 〜いざしらず
如果是〜那倒無所謂

◆ 文法解釋

前接一名詞當作話題，用以表達若是該事物的話姑且不論。後接與前句相對比的句子，來表示情況的不同。往往用來表示「若是A的話還好，但是B的話就…」之意。

◆ 常見句型

- 名詞＋は／なら／だったら＋いざしらず

    前接名詞，表示該事物的話姑且不論，並跟後者做比較。

◆ 短句跟讀練習

- 名詞＋は／なら／だったら＋いざしらず

    冗談だったらいざしらず、本気でそう思っているならちょっと怖い。

    如果是開玩笑就算了，但真的這麼想的話就有點可怕了。

    軽い風邪ならいざしらず、高熱が出ているのに出勤するのは無理だ。

    如果只是小感冒就算了，但發高燒還去上班就真的太勉強了。

個人的な感想はいざしらず、
公式見解としては証拠が求められる。

個人感想可以，但官方立場得提出證據。

雑誌のコラムならいざしらず、学術論文としては論拠が曖昧すぎる。

雜誌的專欄還無所謂，但以學術論文來說論證太過於模糊不清了。

◆ 進階跟讀挑戰

　　SNS投稿ならいざしらず、仕事上のメールで絵文字や砕けた表現を多用するのは、相手に軽い印象を与える恐れがある。便利さや親しみやすさを求めるあまり、伝えるべき内容や相手への配慮が後回しにされがちだ。時代とともにコミュニケーションのスタイルが変わるのは当然だが、伝える場面にふさわしい言葉遣いを意識することは、今後ますます重要になっていくだろう。

　　如果只是社群網站的文章，或許還說得過去，但在工作用的電子郵件中頻繁使用表情符號或太口語化的語句，可能會讓對方覺得不夠正式。現代人過於追求方便與親切，卻常常忽略了訊息本身的內容或是對對方的尊重。隨著時代改變，溝通方式當然會有所調整，但遣詞用句是否適當，將會變得越來越重要。

84 〜ならともかく／ならまだしも
如果是〜則另當別論

◆ 文法解釋

　　接於動詞、形容詞、名詞之後，表示若是前者的話可以接受，但若是後者則更為過份，無法接受。經常用於表達說話者的不滿、或用於批評不合理的要求等。

◆ 常見句型

❶ 動詞（普通形）＋ならともかく／ならまだしも

　　接於動詞句後方，表示該行為或狀態可以接受，但後者則無法接受。

❷ イ形容詞（普通形）＋ならともかく／ならまだしも

　　接於イ形容詞後方，語意同上。

❸ ナ形容詞＋ならともかく／ならまだしも

　　接於ナ形容詞後方，語意同上。

❹ 名詞＋ならともかく／ならまだしも

　　接於名詞後方，語意同上。

◆ 短句跟讀練習

❶ 動詞（普通形）＋ならともかく／ならまだしも

忘れるならともかく、わざと無視するなんて許せない。
如果是忘記就算了，但故意忽視就無法原諒。

❷ イ形容詞（普通形）＋ ならともかく／ならまだしも

うるさい**ならまだしも**、静かな環境で大声を出すのはマナー違反だ。　如果本來就吵鬧就算了，但在安靜的環境大聲喧嘩違反禮儀。

❸ ナ形容詞＋ならともかく／ならまだしも

重要**ならともかく**、些細な問題でこれほど怒るのは度が過ぎている。　如果是重要的事還可以理解，但為了這種小事這麼生氣也太過火了。

❹ 名詞＋ならともかく／ならまだしも

友人**ならまだしも**、初対面の人に私的なことを聞くのは失礼だ。　如果是朋友還可以，但向初次見面的人詢問私事很失禮。

◆ 進階跟讀挑戰

先週、憧れの芸術家のワークショップに参加した。天才的な技術を見せてくれると期待したが、実際は基礎練習の繰り返しだった。プロの技を間近で見られる**ならともかく**、YouTubeで学べるような内容に高額な参加費を払ったことに後悔した。

上週我參加了一直憧憬的藝術家工作坊。原本期待能看到天才般的技術展示，但實際上只是反覆的基礎練習。如果能近距離觀摩專業技巧還可以接受，但只不過是在YouTube上也能學到的內容而付了高額參加費，讓我感到後悔。

85 〜なり〜なり

或者是〜或者是〜

◆ 文法解釋

以「Aなり、Bなり」的形態，表達「A也好，B也好，總之請做點什麼」之意。暗示除了A、B之外，還有其他選項。後面多接表示建議、命令、邀請等表現。

◆ 常見句型

❶ 動詞（辭書形）＋なり

前接動詞，表示舉該行為、狀態為例。

❷ 名詞＋なり

前接名詞，用法同上。

◆ 短句跟讀練習

❶ 動詞（辭書形）＋なり

気分転換に音楽を聴くなり、好きなものを食べるなりしてみて。

想轉換心情就試著聽音樂或吃點喜歡的東西吧。

現状を変えたいなら、転職するなり、スキルを磨くなり、具体的な行動が必要だ。

想改變現況的話，可以換工作或磨練技術，需要具體行動。

214

❷ 名詞＋なり

パン**なり**おにぎり**なり**、軽く食べてから出かけよう。
出門前先吃點麵包或飯糰吧。

小説**なり**映画**なり**、物語に触れることで感性が育まれる。
看小説也好、電影也好，接觸故事能培養感性。

◆ 進階跟讀挑戰

社会の課題に関心を持っていても、何をすればいいのかわからない人は多い。だが、署名活動に参加する**なり**、信頼できる団体に寄付する**なり**、できる範囲で行動に移すことが大切だ。完璧な方法を探してばかりいて何もしないより、自分の立場でできることを少しずつ積み重ねていくほうが、長期的に見れば大きな力になるのではないだろうか。

即使關心社會議題，仍有不少人不知道該做些什麼。不過，無論是參加連署、還是捐款給值得信賴的團體，在自己的能力範圍內付諸行動非常重要。與其一味尋找完美的做法卻什麼也不做，不如從自身能做的事情開始，一點一滴地累積，長遠來看或許會成為更大的力量。

86 ～にあって
在～的情況下

◆ 文法解釋

接於名詞之後，表示處於該特定環境或狀況下的狀態或行為。為書面用語，多用於學術論文、新聞報導、文學作品等。

◆ 常見句型

- **名詞＋にあって**

  接於表示地點、立場、狀況等的名詞之後，表示處於該狀況當中。

◆ 短句跟讀練習

- **名詞＋にあって**

  外国の地にあって、言葉の壁を感じることは避けられません。

  身處異國他鄉，難免會感受到語言隔閡。

  経済的に厳しい状況にあっても、教育費は惜しまない家庭が増えています。

  即使在經濟困難的情況下，不吝於教育費用的家庭也在增加。

  国際紛争が多発する現代社会にあっては、対話による平和構築の重要性が再認識されるべきである。

  在國際紛爭頻發的現代社會中，應該重新認識透過對話建立和平的重要性。

学術研究の場にあって、客観性と倫理性の両立は常に追求されるべき課題である。

在學術研究領域中，客觀性與倫理性的兼顧始終是應該追求的課題。

◆ 進階跟讀挑戰

多様性が重視される現代社会にあっても、LGBTの人々に対する理解や支援は十分とは言いがたい。法的な整備が進みつつある一方で、日常生活の中には偏見や差別が根強く残っている。個々の尊厳が尊重される社会を実現するためには、制度だけでなく、人々の意識を変えていくことが求められている。変化の時代にあって、私たちは何を選び、どう行動するかを問われている。

即使身處於重視多元性的現代社會，對LGBT族群的理解與支持仍難稱完善。雖然法規制度正逐步改善，但在日常生活中，偏見與歧視依舊根深蒂固。要實現一個真正重視個人尊嚴的社會，不僅需要制度的改革，更需要人們意識的改變。身處這樣的轉變時代，我們不能不面對選擇與行動的問題。

87 〜にかこつけて／を口実(こうじつ)にして
藉口為了〜

◆ 文法解釋

前接名詞，表示並非因為真的想做該事而做，而是為了別的目的，而將該事情當作藉口。往往帶有批評、懷疑等負面語氣在。

◆ 常見句型

- **名詞＋にかこつけて／を口実(こうじつ)にして**

  前接名詞，表示該事物為藉口。

◆ 短句跟讀練習

- **名詞＋にかこつけて／を口実(こうじつ)にして**

  雨(あめ)にかこつけてランニングをサボった。
  以下雨為由偷懶不跑步。

  引(ひ)っ越(こ)しを口実(こうじつ)にして、家具(かぐ)を全部(ぜんぶ)新調(しんちょう)した。
  藉著搬家把家具都換新了。

  記念日(きねんび)にかこつけて高額(こうがく)なプレゼントを要求(ようきゅう)するのはどうかと思(おも)う。
  藉口紀念日來要求昂貴禮物，實在讓人難以苟同。

経費削減を口実にして不必要な人員整理を行うのは不誠実だ。

以節省成本為名進行不必要的人事調整，是不誠實的行為。

◆ 進階跟讀挑戰

運動不足の解消にかこつけて、最新モデルのランニングシューズを買った。ところが、履くどころか、箱すら開けていない。「そのうち始めよう」と玄関に置いたものの、一週間以上経っても微動だにせず、今では視線を合わせるのも気まずい存在に。もしかすると、運動する気なんて初めからなかったのかもしれない。

我打著要改善運動不足的名義，買了雙最新款的跑鞋。結果別說穿了，連盒子都還沒打開。我把它放在玄關，自我安慰說：「改天就開始。」但一個禮拜過去了，我運動都沒動過，現在我甚至不敢直視它。或許我一開始根本就沒打算真的去運動吧。

88 ～にしたところで
即使在這種情況下也無法改變事實

◆ 文法解釋

前接詞語或句子，表示即使該事情或狀態成立，事實仍會不如預期或無法改變現狀。後接負面的句子居多。另有「～にしたって」的口語說法。

◆ 常見句型

❶ 動詞（普通形）＋にしたところで／にしたって

接於動詞句之後，表示即使該事情或狀態成立，仍無法改變。

❷ イ形容詞（普通形）＋にしたところで／にしたって

接於イ形容詞之後，語意同上。

❸ ナ形容詞（＋である）＋にしたところで／にしたって

接於ナ形容詞之後，語意同上。

❹ 名詞（＋である）＋にしたところで／にしたって

接於名詞之後，語意同上。

◆ 短句跟讀練習

❶ 動詞（普通形）＋にしたところで／にしたって

諦（あきら）めるにしたところで、気持（きも）ちの整理（せいり）は簡単（かんたん）にはつかない。　即使決定放棄，情感的整理也不是那麼容易就能完成的。

❷ イ形容詞（普通形）＋にしたところで／にしたって

どれだけ優しい言い方にしたところで、誰かは傷つくものだ。　無論再怎麼溫柔的說，總還是會有人受傷。

❸ ナ形容詞（＋である）＋にしたところで／にしたって

親切にしたって、押し付けがましいと思われることもある。　就算再怎麼親切，有時對方也會覺得你在多管閒事。

❹ 名詞＋（＋である）にしたところで／にしたって

専門家であるにしたところで、意見が一致するとは限らない。　即使是專家，也未必會意見相同。

◆ 進階跟讀挑戰

　どれだけ洗練された写真や文章を投稿したにしたところで、本当の自分が伝わるとは限らない。SNS上の自己表現は、他人の目を意識するあまり、理想像ばかりが先行しがちだ。評価を得ることが悪いわけではないが、他人の期待に合わせすぎると、いつの間にか自分自身を見失ってしまう。

　就算在社群網站上貼出再精緻的照片或文章，也不代表他人就能理解真正的自己。為了迎合他人眼光，社群網站上的自我呈現常常只剩理想化的形象。雖說渴望被認同並不是壞事，但若過度迎合他人期待，不知不覺中反而會失去自我。

89 〜に堪えない
無法忍受的程度

◆ 文法解釋

　　此文法主要有兩種用法。第一種用法前接動詞，表示處於某種無法忍受之狀態，已經看不下去或聽不下去。此用法能前接的動詞非常有限，主要為「見る（看）・読む（讀）・聞く（聽）・正視する（正眼看）」等。第二種用法前接「感謝・感激」等名詞，表示強調其程度非常大。此用法主要用於信件、文學作品等。

◆ 常見句型

❶ 動詞（辭書形）＋に堪えない

　　前接動詞，表示因無法忍受而看不下去、聽不下去。

❷ 名詞＋に堪えない

　　前接名詞，表示強調該程度之大。

◆ 短句跟讀練習

❶ 動詞（辭書形）＋に堪えない

被災地の映像はあまりにも悲惨で、見るに堪えなかった。
災區的畫面過於悲慘，令人無法直視。

あの会議でのやり取りは、子供じみていて聞くに堪えなかった。

那場會議上的對話幼稚得讓人聽不下去。

❷ 名詞＋に堪えない

長年にわたるご指導に、感謝の念に堪えません。

對於多年來的指導，感激不盡。

突然の悲報に接し、悲しみに堪えません。

得知這突如其來的噩耗，我感到萬分哀痛。

◆ 進階跟讀挑戰

最近、SNS上での匿名の誹謗中傷がますます深刻化している。特定の個人を標的にした投稿や、無責任な拡散は、まさに暴力と呼ぶにふさわしい。中には、読むに堪えないような汚い言葉が並べられていることもあり、それを見た第三者でさえ心を痛める。自由な表現の場であるべきSNSが、人を傷つける凶器と化している現状には、強い危機感を抱かざるを得ない。

　　近來在社群媒體上的匿名謾罵問題日益嚴重。針對特定個人的攻擊貼文與不負責任的轉貼，幾乎可以稱作一種暴力。有些內容甚至令人難以閱讀，語言粗俗不堪，讓看到的人都感到不適。社群平台本應是自由表達的空間，如今卻逐漸變成傷人的工具，對這樣的現象實在無法不抱持強烈的危機意識。

90 ～にとどまらず

不僅限於～

◆ 文法解釋

接於表示場所、時間等範圍的名詞之後，用以表達某情況不只限於該範圍，甚至還擴散到更廣的層面。

◆ 常見句型

- **名詞＋にとどまらず**

  前接表範圍的名詞，表示不只限於該範圍之意。

◆ 短句跟讀練習

- **名詞＋にとどまらず**

  このアニメは日本にとどまらず、世界中で放送されている。

  這部動畫不只是日本，在世界各地都有播出。

  ゲームは子どもにとどまらず、大人にも楽しまれている。

  遊戲不只小孩愛玩，大人也很享受。

  気候変動の影響は環境にとどまらず、経済や安全保障にも及びつつある。

  氣候變遷的影響已不止環境層面，也逐漸波及經濟與安全領域。

この問題は企業内にとどまらず、社会全体に関わる深刻な課題である。

這個問題不只限於企業內部，而是關係整個社會的嚴重議題。

◆ 進階跟讀挑戰

食品ロスの問題は、家庭内の食べ残しや賞味期限切れにとどまらず、生産・流通・小売といったサプライチェーン全体に関わっている。まだ食べられる食品が大量に廃棄される一方で、十分に栄養を取れない人々が存在するという矛盾は、社会の構造的課題を浮き彫りにしている。個人の意識改革に加え、企業や行政による制度的な対応も求められている。

食物浪費的問題不僅發生在家庭中的剩飯剩菜或過期食品，還牽涉到整個供應鏈，包括生產、運輸與零售等階段。大量仍可食用的食物被丟棄，另一方面卻仍有許多人得不到足夠的營養，這樣的矛盾突顯了社會的結構性問題。除了提高個人意識，也需要企業與政府在制度上做出應對。

隨堂考⑨

❶ 請選擇最適合填入空格的文法

1. 自分の失敗を棚に上げて、人を非難するのは見る（＿＿＿）。
   1. にかこつけて　　　　2. に堪えない
   3. に足る　　　　　　　4. にひきかえ

2. 彼のような天才は（＿＿＿）、私のような凡人には難しい話だ。
   1. もはや　　2. いざしらず　3. したって　4. ばかりに

3. 疲れているなら、寝る（＿＿＿）お風呂に入る（＿＿＿）して、体を休めたほうがいいよ。
   1. なり、なり　2. どの、どの　3. とて、とて　4. まい、まい

4. その出来事は、教育の問題（＿＿＿）、社会全体の課題である。
   1. にしても　　2. にしては　　3. に足りない　4. にとどまらず

5. このチームには、生まれ（＿＿＿）リーダーの素質を持つ人がいる。
   1. なりに　　　2. ならでは　　3. ながらに　　4. にしては

6. プロ（＿＿＿）、失敗することはある。
   1. にもまして　2. にさきだち　3. にしたところで　4. にさいして

7. 高度経済成長期（＿＿＿）、多くの若者が地方から都市へ移り住んだ。
   1. にのみ　　　2. にあって　　3. ずくめ　　　4. にかわり

8. この写真は、美術館での展示（　　　）クオリティを持っている。
   1. に堪える　　2. ながらの　　3. とおりの　　4. までの

❷ 請選擇最適合填入空格的文法

　私たちは生まれ①（　　　）、情報と共に生きる時代に置かれている。娯楽のための画面視聴なら②（　　　）、最近では「勉強のため」③（　　　）、一日中SNSや動画を見続ける子どもも少なくない。情報の氾濫は教育現場④（　　　）、家庭や人間関係にも影響を及ぼしている。子どもたちが「自分のための時間」を取り戻せる方法はない⑤（　　　）と、日々考えさせられる。

① 1. ながらに　　2. かぎりに　　3. をひきかえ　　4. べく

② 1. とうとう　　2. ともかく　　3. だって　　4. くせに

③ 1. そのもの　　2. としても　　3. とすれば　　4. にかこつけて

④ 1. をひきかえ　2. にとどまらず　3. にかこつけて　4. をよそに

⑤ 1. まいか　　2. ところだ　　3. ものか　　4. みこみ

91 ～には及ばない
不必達到這種程度

◆ 文法解釋

接於名詞或動詞之後，表示「沒必要…」、「不需要…」之意。亦可用以委婉地拒絕他人。

◆ 常見句型

❶ 動詞（辭書形）＋には及ばない

接於動詞之後，表示該行為是不必要的。

❷ 名詞＋には及ばない

接於名詞之後，語意、用法同上。

◆ 短句跟讀練習

❶ 動詞（辭書形）＋には及ばない

ご同行いただくには及びません。一人で十分に対応できます。

不需要您陪同，我自己就可以應付。

無理に予定を合わせていただくには及びません。ご都合のよい時で結構です。

不用特地遷就時間，您方便的時候就可以。

❷ 名詞＋には及ばない

その件につきましては、わざわざご報告には及びません。
關於那件事，您不必特地報告。

ご足労には及びませんので、今回はお電話にて失礼いたします。
不用特地親自跑一趟，這次就以電話聯絡。

◆ 進階跟讀挑戰

　異動の知らせを聞いた元上司から、送別会を開きたいというありがたい申し出があった。しかし、今回は私の意向で静かに去ることにしており、そのお気遣いには及ばない旨を丁寧に伝えた。長年お世話になった方々の気持ちは十分に伝わっており、あらためて形式的な場を設けなくても、感謝の思いに変わりはない。

　得知我要調職後，前上司提出要幫我辦送別會，這讓我感到非常感激。但我希望這次能低調離開，因此回覆說這份好意真的不敢當。多年來受到大家的照顧，那份心意我已充份感受到了，即使不特地舉辦儀式，也不會改變我內心的感謝之情。

92 〜には当たらない

不算什麼

◆ 文法解釋

前接「驚く（驚訝）・非難する（責罵）・悲しむ（傷心）」一類動詞，表示該行為不適當之意。經常和「〜からといって」等表示理由的說法一起使用。

◆ 常見句型

- **動詞（辭書形）＋には当たらない**

    前接動詞，表示該行為是不適當的，沒必要如此做之意。

◆ 短句跟讀練習

- **動詞（辭書形）＋には当たらない**

    彼の決断は、軽率だと非難するには当たらない。状況を考えれば、最善の選択だったはずだ。

    他的決定不該被批評為輕率，考量情況，這應該是最好的選擇。

    企業が利益を優先するのは当然であり、倫理的でないと批判するには当たらない。

    企業優先考慮利益是理所當然的，並不值得被批判為不道德。

部長が退任することに驚くには当たらない。以前からその兆候はあった。

部長要卸任這件事沒什麼好驚訝的,早就有跡象了。

文化の違いによる誤解を、無神経だと責めるには当たらない。

因文化差異而產生的誤會,不該被批評為神經大條。

◆ 進階跟讀挑戰

　新入社員の山田さんは、先日のプレゼンで資料の一部を読み飛ばしてしまった。確かに小さなミスではあったが、時間内に全体をまとめ、要点をしっかり伝えていた点は評価すべきだろう。内容を正確に理解していなかったわけではないのだから、彼の姿勢を責めるには当たらない。新人に完璧を求めるよりも、今後の成長に期待する方が建設的だと私は思う。

　新進員工山田先生在上次的簡報中略過了部分資料。雖然確實是個小失誤,但他能在時限內完整呈現內容、清楚傳達重點,其實值得肯定。既然不是因為不理解內容,就沒必要責備他的態度。我認為,與其對新人要求完美,不如期待他未來的成長,這才是更有建設性的做法。

93　〜にもほどがある

有些過分了

◆ 文法解釋

用以指出某種行為、狀態、情況已超出適當的界限，並表達對該情況的批評，往往帶有負面語感。

◆ 常見句型

❶ 動詞（辭書形／ない形）＋にもほどがある

前接動詞，表示該行為或狀態太過份之意。

❷ イ形容詞（原形／去い加くない）＋にもほどがある

前接イ形容詞，語意同上。

❸ ナ形容詞＋にもほどがある

前接ナ形容詞，語意同上。

❹ 名詞＋にもほどがある

前接名詞，語意同上。

◆ 短句跟讀練習

❶ 動詞（辭書形／ない形）＋にもほどがある

電車の中で大声で話す**にもほどがある**。周りの人のことを考えるべきだ。

在電車上大聲說話也太過分了，應該考慮一下周圍的人。

❷ イ形容詞（原形／去い加くない）＋にもほどがある

彼の態度は冷たいにもほどがある。もう少し思いやりを持ってほしい。　他的態度也太冷淡了，希望他能更體貼一些。

❸ ナ形容詞＋にもほどがある

会議中にスマホを見るなんて失礼にもほどがある。
在會議中看手機也太失禮了。

❹ 名詞＋にもほどがある

商品の値段は高額にもほどがある。一般の人が買えるレベルではない。　商品的價格也太貴了，不是一般人能買得起的程度。

◆ 進階跟讀挑戰

　　現代日本のオフィスでは、働き方に問題が山積している。過労死ラインの残業、無意味な会議、前例踏襲。これらは「真面目さ」の名で正当化されている。このような文化は生産性の低さにもほどがある結果を招いている。ワークライフバランスの尊重と成果主義評価が急務だ。健康を保ちながら成果を出せる環境が企業成長に不可欠である。

　　現代日本辦公室的工作方式存在諸多問題。過勞死邊緣的加班、毫無意義的會議、墨守成規的做法。這些都以「認真」之名被合理化。這樣的文化導致了生產力低下到了極點的結果。重視工作與生活平衡以及基於成果的評價制度刻不容緩。在保持身心健康的同時能夠產出成果的環境，對企業的持續成長至關重要。

94 〜にも増して
比起以往更加〜

◆ 文法解釋

前接名詞，以「Aにもまして、Bは…」之類的說法，表達A的程度已經很高，但是相比之下B的程度更高之意。

◆ 常見句型

・**名詞＋にも増して**

前接名詞，表示跟該名詞比起來，其他事物的程度更高之意。

◆ 短句跟讀練習

・**名詞＋にも増して**

以前にもまして、彼は仕事に対する責任感が強くなった。
他比以前更有責任感了。

最近は、仕事の忙しさにもまして家庭との両立に悩んでいる人が多い。
最近比起工作繁忙，更多人煩惱的是如何兼顧家庭。

失敗そのものもつらいが、それにもまして自分を責める気持ちが苦しかった。
失敗本身固然痛苦，但更難受的是自己責備自己的心情。

彼女は誰にもまして努力してきたから、今回の成功は当然だ。

她比任何人都還努力，所以這次的成功是理所當然的。

◆ 進階跟讀挑戰

夢を叶えるために必要なのは、才能よりも継続する力だと言われる。しかし、継続の大切さにもまして重要なのは、自分自身を信じ続ける強さだと思う。努力を重ねても結果が出ない時、人は簡単に諦めてしまいがちだ。そんな時こそ、自分の想いや目標を見失わずに進み続けることができるかどうかが、夢を現実に変える鍵になるのではないだろうか。

人們常說，要實現夢想，比起天分更重要的是持之以恆的努力。但我認為，比起努力的持續性，更重要的是相信自己的那份堅持。當努力了卻看不到成果時，人很容易就會放棄。正是在當下，是否能不迷失初衷、繼續前進，才是讓夢想變成現實的關鍵。

95 ～に越したことはない

沒有比這更好的選擇

◆ 文法解釋

表示「在眾多選擇之下，有達成（或是沒達成）的話是較好的」之意。經常用於表示一般常識。

◆ 常見句型

❶ 動詞（辭書形／ない形）＋に越したことはない

前接動詞，表示該行為或狀態達成（或沒達成）是較好的。

❷ イ形容詞（肯定形／否定形）＋に越したことはない

前接イ形容詞，語意同上。

❸ ナ形容詞（＋である）＋に越したことはない

前接ナ形容詞，語意同上。

❹ 名詞（＋である）＋に越したことはない

前接名詞，語意同上。

◆ 短句跟讀練習

❶ 動詞（辭書形／ない形）＋に越したことはない

忙しくても、健康診断は定期的に受けるに越したことはない。

就算再忙，還是定期接受健康檢查比較好。

❷ イ形容詞（肯定形／否定形）＋に越したことはない

安いに越したことはないが、品質に問題があるなら意味がない。　雖然便宜是最好，但如果品質有問題就沒意義了。

❸ ナ形容詞（＋である）＋に越したことはない

日々の生活が安全に越したことはない。そのためには地域の協力が必要だ。　生活當然是越安全越好，而這就需要地方的合作。

❹ 名詞（＋である）＋に越したことはない

準備の量は人それぞれだが、時間の余裕に越したことはない。　每人準備時間不同，但時間寬裕總是比較好。

◆ 進階跟讀挑戰

　就職活動を通じて感じたのは、「人脈」や「学歴」ももちろん重要だが、やはり最後にものを言うのは「自分の言葉で語れる力」だということだ。準備が完璧でも、面接の場でうまく伝えられなければ意味がない。だからこそ、普段から自分の考えを整理しておくに越したことはない。日記でも独り言でもいい。言語化の練習は、いざという時に必ず役に立つ。

　我在找工作的過程中深刻感受到，雖然「人脈」或「學歷」當然也很重要，但最終關鍵還是能否用自己的話表達想法。即使準備得再周全，面試當下無法好好傳達也是沒有用的。正因如此，平時最好就要整理好自己的想法。不管是寫日記還是自言自語，說出口的練習，在關鍵時刻一定派得上用場。

96 ～に欠かせない
必不可少的

◆ 文法解釋

前接名詞，表示對該事物來說，另一事物或因素是不可或缺、極其重要的。

◆ 常見句型

- 名詞＋に欠かせない

  表示對該事物來說，另一事物是不可或缺的。

◆ 短句跟讀練習

- 名詞＋に欠かせない

  水は人間の生活に欠かせない資源です。
  水是人類生活中不可或缺的資源。

  新鮮な材料は、美味しい料理に欠かせない。
  新鮮的食材是做出美味料理不可或缺的。

  子どもにとって、遊びは心の発達に欠かせない活動である。
  對小孩來說，遊戲是心理發展中不可缺少的活動。

健康な生活に欠かせないのは、
十分な睡眠とバランスの取れた食事である。
健康生活中不可或缺的是充足的睡眠與均衡飲食。

◆ 進階跟讀挑戰

恋愛関係を長く続けていくためには、相手への思いやりや価値観の共有も大恋愛において、価値観の一致や外見の好みはきっかけに過ぎない。長く関係を続けるために欠かせないのは、相手を尊重し、些細な違いも受け入れようとする姿勢だ。感情の波に任せるだけでは、いずれ疲れてしまう。小さな思いやりの積み重ねこそが、信頼を築く上で恋愛に欠かせないものだ。

　　在戀愛關係中，價值觀的契合或外貌的吸引，在熱烈的戀愛裡其實都只是開端。若要讓一段關係長久，不可或缺的是尊重彼此，並願意包容那些微小的差異。若只是隨情緒起伏互動，終究會感到疲憊。日積月累的貼心與體貼，才是真正能建立信任、在戀愛中不可或缺的關鍵。

97 ～に言わせれば／に言わせると
根據某人的看法

◆ 文法解釋

前接表示「人」的名詞，用以表達「根據那個人的意見、看法」之意。往往用以表示對該意見、看法擁有強烈信心時。

◆ 常見句型

- 名詞＋に言わせれば／に言わせると

    前接表示「人」的名詞，以表達「根據那個人的意見、看法」。

◆ 短句跟讀練習

- 名詞＋に言わせれば／に言わせると

    私に言わせれば、あの映画は話題になるほどの作品ではない。
    依我看，那部電影根本就不值得大家爭相討論。

    専門家に言わせれば、あのニュースは事実と異なる点が多いらしい。
    根據專家的說法，那條新聞有很多與事實不符的地方。

    医者に言わせると、その症状はストレスが原因らしい。
    根據醫生的說法，那個症狀似乎是壓力造成的。

歴史家に言わせると、この時代の記録にはまだ多くの誤解があるそうです。

據歷史學者說，這個時代的記錄仍有許多誤解存在。

◆ 進階跟讀挑戰

最近の若者は「打たれ弱い」や「協調性がない」と言われることがあるが、それは本質を見誤っていると思う。ある教育関係者に言わせると、彼らは過度な上下関係や理不尽さに対して敏感なだけで、自分なりの正義や信念をしっかり持っているという。時代が変われば、価値観も変わる。今の若者を理解するには、従来の尺度だけで測るのではなく、彼ら自身の視点にも耳を傾ける必要があるのではないだろうか。

近年來，有些人說年輕人「抗壓性低」、「不懂配合」，但我認為那是對他們的誤解。根據一位教育工作者的說法，他們其實只是對不合理的上下關係及權威特別敏感，並且有自己的正義感與信念。時代在變，價值觀也會改變。要理解現代的年輕人，就不能只用舊有的標準來衡量，而需要傾聽他們的聲音。

98 〜に限らない
不僅限於〜

◆ 文法解釋

前接名詞，表示某種現象不僅限定於該事物，也擴散到更廣的地方之意。用於負面情況居多。另有「〜に限ったことではない」的說法。

◆ 常見句型

- 名詞＋に限らない

前接名詞，表示某種現象不僅限定於該事物，已擴散到其他地方之意。

◆ 短句跟讀練習

- 名詞＋に限らない

成功は努力した人に限らない。
不是只有努力的人才會成功。

病気になるのは高齢者に限らない。若者だって生活習慣次第でリスクが高まる。
生病的不只限於老人，年輕人如果生活習慣不好也會有高風險。

地球温暖化は一部の国に限らず、世界全体の課題である。
地球暖化並不只是部分國家的問題，而是全世界的課題。

242

英語の発音に苦労するのは日本人に限ったことではない。

在英語發音方面吃力的不只日本人。

◆ 進階跟讀挑戰

「子育ては母親の役目」という考え方は、いまだに根強く残っている。しかし、子どもの成長に関わるのは母親に限らない。父親や祖父母、保育士、地域社会など、さまざまな人の関与があってこそ、子どもは多様な価値観に触れて育つことができる。時代や家族のあり方が変化する中で、特定の役割に対する固定観念を見直すことが必要ではないだろうか。

「育兒是母親的責任」這種想法至今仍根深蒂固。然而，參與孩子成長的並不只限於母親。父親、祖父母、保育人員、甚至整個社區的參與，都能讓孩子接觸到更多元的價值觀。隨著時代與家庭形態的改變，我們也有必要重新思考對某些特定角色的刻板印象。

99 〜に至っては
到了這種地步

◆ 文法解釋

前接名詞，表示在各個負面事物、情況當中，該事物、情況特別嚴重之意。其中「ことここにいたっては」為慣用表現，意為「如果到了這種嚴重地步的話」。

◆ 常見句型

- **名詞＋に至っては**

    前接名詞，表示在各個負面情況當中，該事物最為嚴重。

◆ 短句跟讀練習

- **名詞＋に至っては**

    物価は全体的に上がっているが、ガソリン価格に至っては、過去最高を記録した。

    物價整體在上漲，但油價甚至創下歷史新高。

    最近は風邪が流行っているが、私のクラスに至っては、半分以上が欠席している。

    最近感冒很流行，我們班甚至有一半以上的人缺席。

人手不足の状況が続いているが、
介護業界に至っては完全に人が足りていない。

雖然人手短缺已經普遍，但照護產業就完全是人力不足的狀態。

話し合いが完全に決裂した今、ことここに至っては、法的措置をとるしかない。

協商已經完全破裂，事已至此只能採取法律行動了。

◆ 進階跟讀挑戰

気づけば部屋がどんどん散らかっている。本や書類は机に山積み、着た服は椅子の背もたれに常駐。床が見える面積が日ごとに減っていくのに、「明日やろう」で毎日が終わる。ベッドの上に積まれた洗濯物に至っては、もはやクッションのような存在になっていて、たまにしか動かさない。片付けようという意志はあるのに、体が動かないのはなぜだろう。

當我注意到時，房間已越來越亂。書和文件堆滿了書桌，穿過的衣服也固定在椅背上。每天看著地板露出的範圍一點一點變小，卻又總是以一句「明天再說」收場。至於床上那堆洗好的衣服，現在幾乎已經變成抱枕了，只有偶爾才會動一下。明明有整理的心，身體卻一點都不想配合，這到底是怎麼回事呢？

100 〜に至（いた）るまで
到達了〜

◆ 文法解釋

接於時間、場所等表示範圍的名詞之後，表達該範圍的全部都包含之意。語意和「〜まで」相近。

◆ 常見句型

- **名詞＋に至（いた）るまで**

  接於時間、場所等表範圍的名詞之後，表達範圍的全部。

◆ 短句跟讀練習

- **名詞＋に至（いた）るまで**

  彼女（かのじょ）の結婚式（けっこんしき）は、招待状（しょうたいじょう）の紙質（かみしつ）からドレスの刺繍（ししゅう）に至（いた）るまで、すべてにこだわりが感（かん）じられた。

  她的婚禮從請帖的紙張到禮服的刺繡，全部的細節都非常講究。

  この本（ほん）には、宇宙（うちゅう）の起源（きげん）から量子物理（りょうしぶつり）に至（いた）るまで、非常（ひじょう）に広範（こうはん）な内容（ないよう）が含（ふく）まれている。

  這本書從宇宙起源到量子物理都有涵蓋，內容極為廣泛。

  文化祭（ぶんかさい）の準備（じゅんび）では、ポスターのデザインから会場（かいじょう）の掃除（そうじ）に至（いた）るまで、生徒（せいと）たちが自主的（じしゅてき）に行（おこな）った。

  文化祭的準備過程當中，從海報設計到場地清掃，全都是學生自己負責。

このブランドは、包装紙の折り方からリボンの色に至るまで、統一された美意識が感じられる。

這個品牌從包裝紙的摺法到緞帶顏色，都展現出統一的美感。

◆ 進階跟讀挑戰

ある駅には、終電を逃した人だけが乗れる「幻の電車」があるという噂がある。目撃情報から、車両の外観、車内放送の内容に至るまで、ネット上には詳細な証言が残されている。ただし、その電車に実際に乗ったという人の話は、不思議と途中で途切れていることが多い。嘘か真実かはわからないが、「帰ってこられなかった人」の書き込みだけは、誰にも否定できないまま今も残っている。

有傳言說，在某個車站，只要錯過末班車，就能搭上一班「幻之電車」。從目擊情報、車廂外觀，甚至車內廣播的內容都有人詳述，在網路上留下了詳細的證言。只是，聲稱自己「真的搭過那班車」的人，故事總是奇怪地中斷了。究竟是真是假無從得知，但那些自稱「沒能回來的人」留下的留言，至今仍無人能否認。

随堂考⑩

❶ 請選擇最適合填入空格的文法

1. ご心配（＿＿＿）。すでに対応済みですので、ご安心ください。
   1. いただきます
   2. べからず
   3. には及びません
   4. を余儀なくされる

2. 冗談にも（＿＿＿）よ。人の病気を笑うなんて最低だ。
   1. ともかく　2. あるまい　3. でもいう　4. ほどがある

3. 親に（＿＿＿）、それでもまだ甘いらしい。
   1. 言わせれば
   2. 言うまでもなく
   3. どころか
   4. でもって

4. インターネットは今や私たちの生活（＿＿＿）インフラとなった。
   1. ながらの　2. たりとも　3. に欠かせない　4. にしたって

5. ストレスの原因は仕事（＿＿＿）。家庭や人間関係も関係している。
   1. にかかわる　2. に限らない　3. によらぬ　4. までのことだ

6. 彼女のこだわりは食材選びから盛り付け（＿＿＿）徹底している。
   1. としたって　2. べからず　3. にもなく　4. に至るまで

7. 予防できるなら、それ（＿＿＿）。健康第一だからね。
   1. に越したことはない
   2. に決まっている
   3. にかたくない
   4. にかかわる

8. 最近は仕事の忙しさが以前（＿＿＿）ひどくなってきた。
   1. におうじて 2. にもまして
   3. におかれましては 4. にさきだち

❷ 請選擇最適合填入空格的文法

創作とは、感性と意志のあらわれであり、自由な表現①（＿＿＿）手段である。もちろん、すべての作品が万人に評価されるわけではないが、気に入らないからといって作者を攻撃するのは批判②（＿＿＿）。最近では、有名人の発言ひとつに過剰な反応が起こりがちだが、SNS③（＿＿＿）一言の揚げ足取りで炎上することさえある。表現の自由が尊重されるべき今の時代だからこそ、個々の言葉の重みは、これまで④（＿＿＿）大きくなっていると感じる。私⑤（＿＿＿）、批判する側の表現もまた、責任を伴うべきだ。

① 1. にもまして 2. に欠かせない 3. はともかく 4. だらけの

② 1. には当たらない 2. に値する
   3. にほかならない 4. にするものだ

③ 1. ならでは 2. なりとも 3. に至っては 4. ほどなく

④ 1. にも増して 2. には値せず
   3. にしても 4. もさることながら

⑤ 1. もかまわず 2. にはあわず 3. なりと 4. に言わせれば

101 ～に則（のっ）って
根據～

◆ 文法解釋

前接「法律（法律）・規則（規則）・伝統（傳統）・マニュアル（說明書）」等名詞，表達「按照…」、「遵循…」該事物進行某行為。

◆ 常見句型

❶ 名詞＋に則（のっ）って

前接名詞，表示遵循該事物進行某行為。

❷ 名詞A＋に則（のっ）った＋名詞B

後方修飾其他名詞時，需將其改為「～に則（のっ）った」之形態。

◆ 短句跟讀練習

❶ 名詞＋に則（のっ）って

このプログラムは、国（くに）の教育方針（きょういくほうしん）に則（のっ）って設計（せっけい）されています。
這個課程是根據國家的教育方針所設計的。

安全（あんぜん）マニュアルに則（のっ）って避難訓練（ひなんくんれん）を行（おこな）ってください。
請依照安全手冊進行避難演練。

❷ 名詞A＋に則った＋名詞B

憲法に則った法案の審議が行われている。
正在進行依照憲法的法案審查。

国際基準に則った検査体制の整備が急がれている。
急需建立符合國際標準的檢驗制度。

◆ 進階跟讀挑戰

日本各地で行われる祭りの中には、古来より神道の教えに則った形式で継承されているものが多くある。神職によるお祓いや、神輿の巡行、供え物の選び方に至るまで、一つ一つに意味が込められている。時代が変わっても、その根底にある自然や祖先への敬意は変わらない。観光資源としてだけでなく、地域の精神文化として守られていることに価値がある。

　　在日本各地舉行的祭典中，有許多至今仍依神道傳統的教義傳承下來。從神職者的淨化儀式、神轎的巡行、到供品的選擇方式，處處都蘊含深意。即使時代變遷，對自然與祖先的敬意依然不變。它們的價值不僅在於觀光效益，更在於承載地方精神與文化的功能。

102 〜に足る／に足りる
足以〜

◆ 文法解釋

前接「尊敬する（尊敬）・信頼する（信賴）・取る（值得提起）・恐れる（畏怖）」之類動詞、名詞，表示該事物有（或沒有）其價值或資格之意。後接其他名詞並修飾該名詞的用法居多。為生硬的書面用語。

◆ 常見句型

❶ 動詞（辭書形）＋に足る／に足りる＋名詞

前接動詞，表示該行為、狀態有其價值、資格。

❷ 動詞（辭書形）＋に足らない／に足りない＋名詞

前接動詞，表示該行為、狀態沒有其價值、資格。

❸ 名詞Ａ＋に足る／に足りる＋名詞Ｂ

前接名詞，語意同①。

❹ 名詞Ａ＋に足らない／に足りない＋名詞Ｂ

前接名詞，語意同②。

◆ 短句跟讀練習

❶ 動詞（辭書形）＋に足る／に足りる＋名詞

彼は信じるに足る人物であり、その発言は一貫性がある。
他是值得信任的人，發言也有一貫性。

❷ 動詞（辭書形）＋に足らない／に足りない＋名詞

その噂は取り上げるに足らない根拠のない話にすぎない。

那個謠言只是沒有根據、不值一提的東西。

❸ 名詞Ａ＋に足る／に足りる＋名詞Ｂ

この資料は、証拠に足りる客観性と正確性を有する。

這份資料具備可作為證據的客觀性與正確性。

❹ 名詞Ａ＋に足らない／に足りない＋名詞Ｂ

その映像は、証拠に足らない曖昧なものである。

那段影像模糊不清，稱不上證據。

◆ 進階跟讀挑戰

　　SNSでは日々さまざまな意見や主張が飛び交っているが、その中には事実確認もされていない情報が多く含まれている。特に炎上や誹謗中傷に関する投稿は、感情的な反応に基づくものが多く、冷静な議論に足らない発言も少なくない。拡散のスピードが速いからこそ、一人ひとりが「それは本当に議論に値する内容か」を立ち止まって考える必要があるのではないか。

　　在社群網站上，每天都有各種意見與主張流傳，其中包含大量未經查證的資訊。特別是關於炎上或謾罵的發文，往往基於情緒反應，其中也不乏稱不上理性討論的言論。正因為訊息擴散的速度太快，我們每個人更應該停下腳步思考：「這真的值得被當作討論的對象嗎？」。

103 ～に値（あたい）する
值得～

◆ 文法解釋

前接動詞或名詞，表示該事物、行為有（或沒有）其價值之意。

◆ 常見句型

❶ 動詞（辭書形）＋に値（あたい）する／に値（あたい）しない

前接動詞，表示該行為、狀態有(或沒有)其價值。

❷ 名詞＋に値（あたい）する／に値（あたい）しない

前接名詞，語意同上。

◆ 短句跟讀練習

❶ 動詞（辭書形）＋に値（あたい）する／に値（あたい）しない

彼（かれ）の勇敢（ゆうかん）な行動（こうどう）は、称賛（しょうさん）に値（あたい）する。
他的勇敢行動值得稱讚。

そのブログは読（よ）むに値（あたい）しない誤情報（ごじょうほう）ばかりを載（の）せている。
那個部落格全是錯誤資訊，不值得一讀。

❷ 名詞+に値する／に値しない

このドキュメンタリーは、全ての市民にとって視聴に値する内容を持っている。

這部紀錄片的內容值得所有市民觀看。

根拠のない中傷は、いかなる評価にも値しない。

沒有根據的誹謗，不值得任何評價。

◆ 進階跟讀挑戰

芸術作品の価値は、見た目の美しさだけでは決まらない。その背景にある思想や時代性、そして作者が作品に込めたメッセージ性があってこそ、真に鑑賞に値する存在となる。たとえ技術的に未熟であっても、人の心を動かし、社会に問いを投げかける力がある作品には、計り知れない価値がある。芸術とは、完成度の高さではなく、表現の必然性にこそ本質があるのではないか。

藝術作品的價值，不只是取決於外觀的美感。唯有當它具備思想背景、時代意義，並承載創作者想傳達的訊息時，才真正值得鑑賞。即使在技巧上略顯生澀，只要能打動人心、對社會提出提問，就有無限的價值。所謂藝術，其本質或許並不在於完成度，而在於表現的必要性。

104 〜のをいいことに
藉此機會〜

◆ 文法解釋

前接詞語或句子，表示藉著該機會做某行為之意。往往帶有批評的負面語氣。

◆ 常見句型

① 動詞（普通形）＋のをいいことに

前接動詞，表示藉著該機會做某行為之意。

② イ形容詞（普通形）＋のをいいことに

前接イ形容詞，語意同上。

③ ナ形容詞（＋な／である）＋のをいいことに

前接ナ形容詞，語意同上。

④ 名詞（＋な／である）＋のをいいことに

前接名詞，語意同上。

◆ 短句跟讀練習

① 動詞（普通形）＋のをいいことに

両親（りょうしん）が旅行（りょこう）に出（で）かけたのをいいことに、兄（あに）は友達（ともだち）を家（いえ）に呼（よ）んでパーティーをした。

趁著父母出去旅行，哥哥邀朋友來家裡開趴。

❷ イ形容詞（普通形）＋のをいいことに

頭がいいのをいいことに、人を見下すような発言を繰り返している。　藉著自己聰明，說些瞧不起人的話。

❸ ナ形容詞（＋な／である）＋のをいいことに

親切なのをいいことに、何でも頼んでくるのは図々しい。
仗著對方親切，就什麼都拜託對方，太厚臉皮了。

❹ 名詞（＋な／である）＋のをいいことに

休日であるのをいいことに、何もせずに一日中寝ていた。
趁著假日，一整天什麼都不做只睡覺。

◆ 進階跟讀挑戰

　　動物園のサルたちは、観客が笑ってくれるのをいいことに、いたずらがどんどんエスカレートしていく。仲間のしっぽを引っぱったり、飼育員の持っているバケツをひっくり返したり、やることがまるで子ども。特にウケた行動はしっかり覚えていて、次の日も同じことをやってみせるからおもしろい。困ったことに、その悪習慣が仲間に伝染していくのが早いのなんの。もはや一匹ではなく、軍団でのいたずらだ。

　　動物園裡的猴子們，仗著觀眾笑得很開心，惡作劇也越玩越大。他們會拉同伴的尾巴，或把飼育員的水桶掀翻，行為簡直就像小孩一樣。特別受歡迎的動作牠們還會記起來，隔天繼續表演給大家看，超有戲。麻煩的是，這種壞習慣傳染得飛快，一隻做了，其他也跟著做，搞到後來根本是一整群一起在惡作劇。

105 ～はさておき
暫且不談～

◆ 文法解釋

前接名詞，表示該事物「先不談…」、「暫且不論…」，以引發真正想講的話題。

◆ 常見句型

- 名詞＋はさておき

    前接名詞，表示先不論該事物，並進入真正的話題。

◆ 短句跟讀練習

- 名詞＋はさておき

    冗談はさておき、本題に入りましょう。
    玩笑先放一邊，我們進入正題吧。

    結果はさておき、まずは全力を尽くしたことが大切だ。
    結果先不說，重要的是你已經盡全力了。

    彼の性格はさておき、仕事のスキルは本物だ。
    他個性怎樣暫且不論，工作能力倒是真的很強。

    見た目はさておき、味はかなり本格的だった。
    外觀先不說，味道相當的道地。

◆ 進階跟讀挑戰

　昨日の飲み会は本当に楽しかった。酔った勢いで語った夢や、普段見せない同僚の素顔も新鮮だった。ビールの味はさておき、あの場の空気が心地よくて、つい飲みすぎてしまったのが正直なところだ。気がつけば財布も軽くなり、スマホの写真フォルダには変顔ばかり。翌朝の頭痛と軽い後悔を抱えつつも、「またやりたいな」と思ってしまうのは、きっと悪くない時間だった証拠だろう。

　昨天的聚餐真的超開心。趁著黃湯下肚聊起了夢想，看到平常看不到的同事真面目，讓人覺得很新鮮。啤酒好不好喝先不提，當下那個氣氛實在太舒服，老實說我也喝過頭了。回過神來，錢包變扁了，手機相簿裡全是鬼臉照。雖然隔天頭痛又有點後悔，但還是會想著「下次還想再參加」，這大概就是那段時光不錯的證明吧。

106 〜べからず

不應該〜

◆ 文法解釋

前接動詞，表示該行為是不正確、不恰當、被禁止的。為古老的書面用語，主要用於告示牌、標語當中。

◆ 常見句型

❶ 動詞（辭書形）＋べからず

前接動詞，表示禁止該行為之意。

◆ 短句跟讀練習

❶ 動詞（辭書形）＋べからず

立ち入るべからず。

禁止進入。

他人の努力を軽んずるべからず。

不可輕視他人的努力。

自らを過信するべからず。

不可過度自信。

初心忘るべからず。（「忘る」為古語用法。）

莫忘初衷。

◆ 進階跟讀挑戰

人の言葉に耳を傾けることは大切だが、すべてを鵜呑みにする必要はない。誰かの評価に振り回され、自分の軸を見失ってしまうのは、あまりにももったいない。他人と比べて落ち込む時間があるなら、その分だけ自分にできることを探すべきだ。自分を過小評価するべからず。あなたの価値は、他人の言葉では決まらない。

　傾聽他人的話雖然重要，但不需要全盤接受。若總是被他人的評價牽著鼻子走，失去自己的方向，那實在太可惜了。與其和別人比較而失落，不如把那些時間用來尋找自己能做的事。別低估自己。你的價值，不是由他人來定義的。

107 ～べく
為了～

◆ 文法解釋

表示目的，語義和「ために」相似，但此用法為古語所保留下來之用法，因此在語感上會顯得較為生硬。多用於文書、演講等正式場合。

◆ 常見句型

- **動詞（辭書形）＋べく**

此文法的接續只適用於動詞辭書形，而不適用於否定、過去式等形態。若前方動詞為「～する」時，則會改為「～すべく」。使用此句型時，後句只會使用客觀的陳述句，而不會使用表示請求（～てください）或命令（～なさい）等用法。

◆ 短句跟讀練習

- **動詞（辭書形）＋べく**

目標達成すべく全力を尽くします。
為了達成目標而盡全力。

より良い結果を出すべく実験を重ねる。
為了得出更好的結果而反覆進行實驗。

安全を確保すべく、警備を強化する。
為了確保安全而加強警備。

期日までに納品させていただくべく、製造を急がせていただいております。

為了在期限內交貨，正在加緊製造中。

◆ 進階跟讀挑戰

来月の新商品発売を成功させるべく、マーケティング部門は市場調査を徹底的に行っている。顧客のニーズを把握するため、様々なアンケート調査も実施した。製品の品質向上に取り組み、社員全員が一丸となって準備を進めている。競合他社との差別化を図るため、独自の技術開発にも力を入れている。また、販売店との連携も強化しており、よりスムーズな販売開始を実現すべく、販売体制の整備も着々と進めている。新商品は多くのお客様に喜んでいただけるものと確信している。

　　為了讓下個月的新商品發售成功，行銷部門正在徹底進行市場調查。為了掌握顧客需求，我們也進行了各種問卷調查。我們致力於提升產品品質，全體員工團結一致進行準備工作。為了與競爭對手做出區隔，我們也投入獨家技術的開發。此外，我們也加強了與銷售店的合作，為了實現更順利的銷售開始，販售體制的整備也在穩步進行中。我們深信新商品必定能讓眾多顧客感到滿意。

108 〜までだ／までのことだ
就到此為止

◆ 文法解釋

　　此文法有兩種用法。第一種為前接動詞辭書形，表示說話者的決心，帶有「即使此方法不行，還有別的方法」之含義在。第二種前接動詞過去式，表示說話者「只是做了這件事，沒有其他意思」之意。

◆ 常見句型

❶ 動詞（辭書形）＋までだ／までのことだ

前接動詞，表示還有該方法之意。

❷ 動詞（た形）＋までだ／までのことだ

前接動詞，表示只是做了該行為之意。

◆ 短句跟讀練習

❶ 動詞（辭書形）＋までだ／までのことだ

誰(だれ)も手伝(てつだ)ってくれないのなら、一人(ひとり)でやるまでだ。
如果誰都不幫忙，那大不了我就自己做。

相手(あいて)が話(はなし)を聞(き)く気(き)がないなら、こちらも黙(だま)るまでだ。
對方不想聽的話，那我也就不說了。

❷ 動詞（た形）＋までだ／までのことだ

彼を守りたかっただけ。友達として当然のことをしたまでだ。

我只是想保護他。作為朋友這只是理所當然的事。

自分の信念に従って行動したまでのことです。

我只是按照自己的信念行動罷了。

◆ 進階跟讀挑戰

　どれだけ努力しても、必ず結果が出るとは限らない。認められなかったとしても、他人に理解されなかったとしても、それはそれで仕方がない。自分が納得できるまでやる。誰にも評価されなくても、自分の中に確かな達成感があればそれでいい。失敗して笑われるのが怖くないと言えば嘘になるが、そのときはまた立ち上がるまでだ。諦めない限り、終わりにはならない。

　再怎麼努力，也不一定會有成果。就算沒被認同、沒被理解，那也只能接受。我只想做到自己問心無愧。即使沒有人肯定，只要我心裡感受到達成感，那就夠了。說不怕失敗被嘲笑是騙人的，但真的發生的話，那就再站起來。只要不放棄，事情就還沒結束。

109 〜までもない
不必到達那種程度

◆ 文法解釋

前接動詞，表示因為程度很低，所以理所當然沒有必要做該行為之意。

◆ 常見句型

- 動詞（辭書形）＋までもない

  前接動詞，表示不需做該行為之意。

◆ 短句跟讀練習

- 動詞（辭書形）＋までもない

  こんな簡単な問題、先生に聞くまでもないよ。
  這麼簡單的問題，根本不用問老師啦。

  あの映画は説明するまでもなく、有名な作品だ。
  那部電影根本不需要介紹，是大家都知道的名作。

  風邪くらいなら、病院に行くまでもないよ。
  感冒這種小病，不用去看醫生啦。

  彼の言い訳は聞くまでもない。どうせ嘘だろう。
  他那藉口根本不用聽，反正也是在說謊吧。

◆ 進階跟讀挑戰

誰だってイライラする日はある。でも、ちょっと不機嫌になったくらいで、人に当たるのは違うと思う。たまたま機嫌が悪いだけなら、無理に笑うまでもないけど、少なくとも相手に不快な思いをさせない努力は必要だ。自分の気分と相手の気分は別物だし、「疲れてるから仕方ない」で片づけていいことばかりじゃない。気分が荒れているときほど、自分の言葉を意識したい。

　每個人都會有煩躁的一天。但只因為心情不好就遷怒別人，我覺得那就不太對了。如果只是剛好不太爽，也不需要勉強自己裝笑臉，但至少應該要盡量避免讓對方不舒服。畢竟自己的心情和別人的心情是兩回事，不是什麼都能用「我累了所以沒辦法」來解釋。越是在情緒起伏的時候，就越要注意自己的言詞。

110 ～滅多に～ない
幾乎從不～

◆ 文法解釋

「滅多に」為副詞，後接動詞的否定形態，表示很少或幾乎不做該行為之意。

◆ 常見句型

❶ 滅多に＋動詞（否定形）

後接動詞否定形態，表示很少或幾乎不做之意。

❷ 名詞＋は滅多に＋ない

前接名詞，後接形容詞「ない」，表示該行為或狀態很少或幾乎沒有之意。

◆ 短句跟讀練習

❶ 滅多に＋動詞（否定形）

彼はめったに怒らない人なのに、今日は本気で怒っていた。
他是個幾乎不會生氣的人，結果今天真的動怒了。

こんな高級レストランには、めったに来られないよ。
這種高級餐廳難得才能來一次。

❷ 名詞＋は滅多に＋ない

こんなチャンスはめったにないから、しっかり掴んで。
這種機會很少有，一定要好好把握！

都会では、こんなに星が見えることはめったにない。
在都市裡很少能看到這麼多星星。

◆ 進階跟讀挑戰

普段は感情をあまり表に出さない方だ。悩みがあっても誰にも言わず、自分の中で消化してきた。だからこそ、人前で泣くなんてめったにない。けれど、あの日は違った。何気ない友達の一言に心の奥がふっと緩んで、気づいたら涙がこぼれていた。自分でも驚いたけれど、不思議と恥ずかしさはなかった。感情って、出したくなったときが出し時なのかもしれない。

　　平常的我，不太會把情緒表現在臉上。就算有煩惱，也都自己消化，所以幾乎不會在別人面前哭。但那天卻不一樣，朋友一句簡單的話讓我的心瞬間放鬆了下來，回過神眼淚就流出來了。雖然連自己都有點驚訝，但神奇的是，竟然一點也不覺得難為情。或許情緒這種東西，就是想出來的時候，就該讓它出來吧。

随堂考⑪

❶ 請選擇最適合填入空格的文法

1. その証拠は有罪を証明する（＿＿＿）とは言い難い。
   1. べくして　　2. に足る　　3. とはいいながら　4. なり

2. 彼の実力なら、練習する（＿＿＿）までもなく合格するだろう。
   1. とともに　　2. ついには　　3. までもなく　　4. くらいなら

3. 日本では（＿＿＿）見られない景色に感動した。
   1. めったに　　2. あらかじめ　3. とっさに　　4. おのずと

4. 店長が出張している（＿＿＿）、店員たちはサボっていた。
   1. とあれば　　2. と相まって　3. のをいいことに　4. にわたり

5. 公共の場での迷惑行為する（＿＿＿）。
   1. ぬき　　　　2. のみならず　3. でもあるまい　4. べからず

6. 成績（＿＿＿）、彼の努力は認められるべきだ。
   1. をきっかけに　　　　2. はさておき
   3. をふまえて　　　　　4. となっては

7. 招待されないなら、行かない（＿＿＿）。
   1. までのことだ　　　　2. べからず
   3. にたえる　　　　　　4. までになる

8. あの演説は歴史に残る（　　　）内容だった。
   1. までして　　2. がままに　　3. に値する　　4. と相まって

❷ 請選擇最適合填入空格的文法

　この町には、古くからの慣習①（　　　）続けられてきた祭りがある。派手な装飾もないが、その静かな熱意と一体感は、本当に見る②（　　　）ものだ。観光客が増えてきたとはいえ、ゴミを道端に捨てるなどする③（　　　）。守るべきものを守る④（　　　）、地域の若者たちも積極的に活動している。静かな田舎での暮らしは、決して刺激的とは言えないが、都会では⑤（　　　）味わえない心の豊かさがここにはある。

① 1. にさきだって　　　　2. に則って
　 3. に至って　　　　　　4. にこたえて

② 1. べからざる　2. ねばならぬ　3. による　　4. に値する

③ 1. べからず　　2. べからざる　3. べし　　　4. べくして

④ 1. べく　　　　2. ときく　　　3. ではあるまい　4. だにしない

⑤ 1. とりわけ　　2. めったに　　3. はなはだ　　4. おりしも

111 〜ものと思われる／ものと見られる

被認為是〜

◆ 文法解釋

前接帶有修飾功能的句子，表示該行為、狀態被大家客觀地認為是如此之意。

◆ 常見句型

❶ 動詞（普通形）＋ものと思われる／ものと見られる

前接動詞句，表示客觀的想法。

❷ イ形容詞（普通形）＋ものと思われる／ものと見られる

前接イ形容詞句，語意同上。

❸ ナ形容詞＋な＋ものと思われる／ものと見られる

前接ナ形容詞句，語意同上。

❹ 名詞＋の＋ものと思われる／ものと見られる

前接名詞句，語意同上。

◆ 短句跟讀練習

❶ 動詞（普通形）＋ものと思われる／ものと見られる

当日は強風の影響で飛行機が遅れたものと見られる。

當天推測因為強風導致班機延誤。

❷ イ形容詞（普通形）＋ものと思われる／ものと見られる

この地域の夏は例年より暑いものと思われる。
這地區的夏天推測會比往年更熱。

❸ ナ形容詞＋な＋ものと思われる／ものと見られる

あの発言は政治的に敏感なものと見られる。
那番發言被認為在政治上是敏感的。

❹ 名詞＋の＋ものと思われる／ものと見られる

現場に残されていたメモは、容疑者本人のものと思われる。　留在現場的便條紙推測是嫌疑人親自寫的。

◆ 進階跟讀挑戰

駅のベンチに、小さなぬいぐるみが置き去りにされていた。少し汚れてはいたが、手足が擦り切れるほど大切にされていた様子がうかがえる。通りすがりの人も気づいてはいるが、誰も手を出さない。それはまるで、持ち主が迎えに来るのをじっと待っているかのようだった。そのぬいぐるみは、近くの幼稚園に通う子どものものと見られる。今ごろ、きっと家で泣いているのではないだろうか。

　在車站的長椅上，有一個小玩偶被遺落了。雖然有點髒，但從它手腳磨損的程度來看，能感受到它曾被珍惜著。經過的人們也注意到了，但誰也沒動手，彷彿它正靜靜地等著主人來接它回家。這個玩偶推測應該是附近幼稚園小朋友的東西。現在，那個孩子也許在家裡哭泣著也說不定。

112 〜や否や
剛一〜就〜

◆ 文法解釋

前接動詞，表示該動作一發生，接著馬上進行下一個動作之意。為書面用語。

◆ 常見句型

❶ 動詞（辭書形）＋や

前接動詞，表示一個動作發生後，接著就立刻做下一個動作之意。為較古老式說法。

❷ 動詞（辭書形）＋や否や

前接動詞，語意同上。

◆ 短句跟讀練習

❶ 動詞（辭書形）＋や

鐘が鳴るや、生徒たちは一斉に教室へ戻った。
鐘聲一響起，學生們就立刻回到了教室。

店のシャッターが開くや、行列が一気に流れ出した。
店門一打開，排隊的人潮就立刻湧入。

❷ 動詞（辭書形）＋や否や

警察が現場に到着するや否や、取材陣が殺到した。
警察一到現場，記者們立刻蜂擁而至。

彼が最後の一言を言うや否や、拍手が湧き起こった。
他話一説完，立刻響起掌聲。

◆ 進階跟讀挑戰

扉を開けるや否や、そこには現実では見たことのない景色が広がっていた。空は紫がかった青に染まり、木々はまるで生き物のようにゆっくりと動いていた。足元には知らないはずの道が、どこか懐かしく続いている。音もない、匂いもない、けれど何かに呼ばれているような感覚だけが、胸の奥に残っていた。これは夢だと気づきながらも、なぜか怖さはなく、むしろ安心感すらあった。

　　門一打開，眼前就是一片現實中從未見過的景色。天空帶著紫藍色的光，樹木像有生命般慢慢搖動。腳下的道路，明明不熟悉，卻又感覺無比熟悉。沒有聲音，也沒有氣味，只有一種被召喚的感覺，深深停留在胸口深處。明知這是夢，卻一點也不覺得可怕，甚至感到一種莫名的安心。

113 ～ようと～ようと／ようと～まいと

無論是否～

◆ 文法解釋

　　第一個句型前後各接一個動詞，表示無論是做第一個動作，還是第二個動作，都是成立的。第二個句型為前後同一個動詞，前方為肯定，後方為否定，表示該動作無論做或不做，都不會有影響。

◆ 常見句型

❶ 動詞Ａ（意向形）＋と＋動詞Ｂ（意向形）＋と

前後為兩個不同動作，表示不論做哪一個都成立。

❷ 動詞（意向形）＋と＋動詞＋まい＋と

前後為同一個動作，表示不論做都不做都成立。

◆ 短句跟讀練習

❶ 動詞Ａ（意向形）＋と＋動詞Ｂ（意向形）＋と

泣(な)こうと笑(わら)おうと、もう過去(かこ)には戻(もど)れない。

無論哭或笑，都無法回到過去。

許(ゆる)そうと拒(こば)もうと、もう彼(かれ)は現(あらわ)れない。

不管原諒還是拒絕，他都不會再出現了

❷ 動詞（意向形）＋と＋動詞＋まい＋と

信じようと信じまいと、これは事実に基づいている。
不管信或不信，這都是有根據的事實。

謝ろうと謝るまいと、関係の修復は難しい。
不管有沒有道歉，關係都難以修復了。

◆ 進階跟讀挑戰

昨夜、山奥の村で「空に光る物体を見た」という通報が相次いだ。写真や動画も複数投稿され、SNS上では「ついに来たか」と話題になっている。もちろん、いたずらや自然現象の可能性もある。しかし、それがUFOであろうとあるまいと、多くの人々が「未知の存在」に対してどれだけ関心を寄せているかが浮き彫りになった。信じるか信じないかより、想像する力こそ人間らしさではないだろうか。

　　昨晚，在深山裡的某個村莊，有人連續通報「看到天空有發光物體」。有好幾張照片和影片被上傳到社群網站，大家紛紛熱議「難道真的來了？」當然，也可能只是惡作劇或自然現象。然而，不管那是不是幽浮，都讓我們看見人們對「未知存在」的高度關注。與其說是信與不信，更能反映人類特質的，也許是那份能夠自由想像的力量吧。

114 ～よりほかにない
除了～之外沒有其他選擇

◆ 文法解釋

表示處於某種有問題的狀態，除此之外沒有其他方法之意。

◆ 常見句型

- 動詞（辭書形）＋よりない／よりほかにない／よりほかはない

  表示處於某種問題當中，除了做該行為之外沒有其他的方法。

◆ 短句跟讀練習

- 動詞（辭書形）＋よりない／よりほかにない／よりほかはない

  周囲に誰も頼れる人がいない以上、自分で決断するよりない。
  既然身邊沒有人可以依靠，就只能自己做決定了。

  今回の試験結果を受け入れて、次に向けて努力するよりほかにない。
  對於這次的考試結果，只能接受並朝下一次努力了。

状況がこれ以上悪化しないよう、
速やかに対応する**よりほかにない**だろう。
為了避免情勢進一步惡化，只能儘速因應了。

突然のシステム障害により、復旧が完了するまで待つ**よりほかはない**状況だ。
因為系統突發故障，我們只能等它修復完成。

◆ 進階跟讀挑戰

　午後の会議前、どうしても眠気が取れず、コーヒーも効かない。そんなとき、私が頼るのはヘヴィメタルだ。爆音で流れるギターとドラムの刺激が、頭を一気に覚醒させてくれる。もちろん、人によっては逆効果かもしれないが、私にとっては最強の眠気覚まし。気合を入れるには、ヘッドホンをつけてメタルを聴く**よりほかにない**。これがないと、一日が始まらないほどだ。

　下午會議前，怎麼樣都提不起精神，連咖啡也沒效。這時我最信任的，就是重金屬音樂。吉他與鼓聲的爆音刺激，能瞬間喚醒我的大腦。當然，也許對某些人來說會反效果，但對我而言，這是最強的提神法。要我打起精神，就非戴上耳機來點金屬樂不可。沒有它，我一天根本無法開始。

115 ～をおいて
除了～之外沒有其他選擇

◆ 文法解釋

前接名詞，表示限定該事物。用以表達除了該事物之外，沒有其他選擇之意。

◆ 常見句型

- 名詞＋をおいて

前接名詞，表示除了該事物之外，沒有其他選擇。

◆ 短句跟讀練習

- 名詞＋をおいて

この仕事を任せられるのは、鈴木さんをおいて他にいない。
能勝任這份工作的人，除了鈴木之外別無他人。

卒業式の司会役は、彼女をおいて他に考えられない。
畢業典禮的主持人非她莫屬。

世界中の建築の中で、木造技術の粋を集めたものといえば、法隆寺をおいて他にない。
全世界的建築物當中，要説集木造技術之大成的，就只有法隆寺了。

正確な情報を得るには、
信頼できる一次資料をおいて他にない。

要取得正確資訊，就得靠可靠的一手資料。

◆ 進階跟讀挑戰

人生で多くの人と出会ってきましたが、私の進路に大きな影響を与えてくれたのは、高校時代の国語教師をおいて他にいません。厳しさの中に愛があり、言葉の力を本気で信じていた先生でした。進学に悩んでいた私に「言葉を武器にできる人になれ」と言ってくれたあの一言が、今でも心に残っています。文章を書くことの喜び、伝えることの難しさと面白さ。それらすべてを教えてくれたのは、その先生をおいて他にはいないのです。

人生中我遇過許多人，但真正對我的人生選擇產生深遠影響的，非我高中時期的國文老師莫屬。他是個嚴厲但充滿愛的老師，真心相信語言的力量。當我為升學感到迷惘時，他告訴我：「要成為能用語言當武器的人。」這句話至今仍深深留在我心裡。寫作的喜悅、傳達的困難與趣味，教會我這一切的人，正是這位老師。

116 〜をもってすれば／をもってしても

如果用〜來看

◆ 文法解釋

前接名詞，表示以該事物為根據、手段。「〜をもってすれば」為「假如…」之意，而「〜をもってしても」則為「即使…」之意。

◆ 常見句型

❶ 名詞＋をもってすれば

前接名詞，表示以該事物為根據做假設。

❷ 名詞＋をもってしても

前接名詞，表示以該事物為根據做逆接。

◆ 短句跟讀練習

❶ 名詞＋をもってすれば

彼の努力をもってすれば、この難題も解決できるだろう。
以他的努力程度來說，這難題應該也能解決。

君の人脈をもってすれば、この企画もすぐに広がるだろう。
靠你的人脈，這個企劃應該能快速推廣出去。

❷ 名詞＋をもってしても

専門家をもってしても、この現象の原因は解明できなかった。
就連專家都查不出這現象的原因。

彼女の説得力をもってしても、彼の考えを変えることはできなかった。
連她那麼會說服人，都沒辦法讓他改變想法。

◆ 進階跟讀挑戰

　　AIやロボットなどの技術が進化し続ける現代においても、人間の感情や直感を完全に再現することは難しい。どれほど高度な演算能力やデータ処理スピードをもってしても、人の心の微細な動きや曖昧さまでは読み取れないのだ。技術が発展すればするほど、逆に「人間らしさ」の大切さが際立っていくように思える。未来をつくるのは、やはりテクノロジーだけではなく、それをどう使うかという人間の選択なのだろう。

　　即使在 AI 和機器人等科技持續進化的現代，要完全再現人類的情感與直覺依然很困難。即使擁有再高的運算能力與資料處理速度，也無法捕捉人心的細膩與曖昧。科技愈發展，反而更凸顯「人性」的重要。打造未來的，不只是科技本身，而是人類如何使用科技的選擇。

117 〜を蔑ろにする
軽視〜

◆ 文法解釋

前接名詞，表示輕視或忽視該人或該事物之意。

◆ 常見句型

- 名詞＋を蔑ろにする

前接名詞，表示輕視或忽視該人或該事物之意。

◆ 短句跟讀練習

- 名詞＋を蔑ろにする

少数派の声を蔑ろにする政治は、やがて信頼を失う。
忽視少數族群聲音的政治，終將失去民心。

伝統文化を蔑ろにして経済だけを追求するのは、社会のバランスを崩す。
只顧追求經濟、輕視傳統文化，將破壞社會平衡。

感情を蔑ろにする教育は、知識だけのロボットを育てることになる。
忽視情感的教育，只會培育出一群只有知識的機器人。

歴史を蔑ろにする国は、
同じ過ちを繰り返す可能性がある。

漠視歷史的國家，很可能會重蹈覆轍。

◆ 進階跟讀挑戰

人間は便利さを追い求めるあまり、自然環境を蔑ろにしてきた。大量生産・大量消費を前提とした社会では、資源の枯渇や生態系の破壊が当然のように起こっている。森林を切り開き、海を汚し、空気を濁らせながら、それでも「経済成長」の名のもとに突き進む。だが、自然の犠牲の上に成り立つ発展は、本当に持続可能と言えるのだろうか。今こそ、便利さだけでなく、地球という共同体の未来にも目を向けるべきではないか。

人類在追求便利的過程中，長期以來忽視了自然環境的重要性。建立在大量生產與消費上的社會，讓資源枯竭、生態破壞變得習以為常。我們砍伐森林、污染海洋、讓空氣混濁，卻依舊以「經濟成長」為名持續前進。但建立在破壞自然之上的發展，真的能說是永續的嗎？現在這個時代，我們不該只看重便利，更應該思考地球這個共同體的未來。

118 ～を余儀なくされる

被迫做

◆ 文法解釋

接於表示動作的名詞之後，表示情況已經非常嚴重，不得不那麼做的地步。為生硬的書面用語。

◆ 常見句型

- **名詞＋を余儀なくされる**

   前接名詞，表示被迫那麼做之意。

◆ 短句跟讀練習

- **名詞＋を余儀なくされる**

   長引く不況により、多くの中小企業が倒産を余儀なくされた。
   因為長期不景氣，許多中小企業被迫倒閉。

   システム障害の発生で、業務停止を余儀なくされた。
   因為系統故障，業務被迫中止。

   自然災害の影響で、住民は一時的な避難生活を余儀なくされた。
   因天災影響，居民不得不暫時避難。

経済的な理由から、家の売却を余儀なくされた家庭も少なくない。

由於經濟問題，不少家庭被迫賣掉房子。

◆ 進階跟讀挑戰

父が突然病に倒れたことで、私は大学進学を断念し、就職を余儀なくされた。夢を諦めることに悔しさもあったが、家族を支えるという現実を前に、自分の希望ばかりを優先するわけにはいかなかった。働きながら学ぶ道を選び直し、今では少しずつ夢に近づいている。あのときの選択は「犠牲」ではなく、「覚悟」だったのだと、今は思える。

因為父親突然生病，我不得不放棄升學，選擇就業。雖然對於無法追夢感到不甘，但在家人需要我支撐的現實面前，也不能只考慮自己的願望。後來我選擇一邊工作一邊學習，現在也逐漸朝夢想邁進。回想起當時的決定，我覺得那並不是「犧牲」，而是一種「覺悟」。

119 ～をよそに

無視～

◆ 文法解釋

前接各種名詞，用以表示對該事物不顧、不管、不關心之意。

◆ 常見句型

- 名詞＋をよそに

  前接各種名詞，用以表示對該事物不顧、不管、不關心之意。

◆ 短句跟讀練習

- 名詞＋をよそに

  家族（かぞく）の反対（はんたい）をよそに、彼（かれ）は俳優（はいゆう）の道（みち）を選（えら）んだ。
  不顧家人的反對，他選擇成為一名演員。

  住民（じゅうみん）の抗議（こうぎ）をよそに、工事（こうじ）は強引（ごういん）に進（すす）められた。
  無視居民的抗議，工程仍強行進行。

  現場（げんば）の混乱（こんらん）をよそに、責任者（せきにんしゃ）は姿（すがた）を見（み）せなかった。
  負責人無視現場的混亂，完全沒出現。

  医者（いしゃ）の注意（ちゅうい）をよそに、祖父（そふ）は毎日（まいにち）タバコを吸（す）っている。
  不理醫生的勸告，爺爺每天還是抽菸。

◆ 進階跟讀挑戦

「将来が不安だ」「そんなの趣味にすべきだ」親の言葉をよそに、彼らは大学入学と同時にバンドを結成した。深夜のスタジオ練習、路上ライブ、赤字続きの自主制作CD。それでも、ステージで音を重ねる瞬間が何よりの報酬だった。周囲の視線や常識をよそに、彼らは音で自分たちの生き方を証明しようとしている。夢はまだ遠い。でも、今しかできないことがあると信じている。

　「你這樣未來怎麼辦？」、「這種事就當興趣就好」，不顧父母這些話，他們在上大學的同時組成了樂團。半夜練團、街頭演出、不斷虧損的自費製作CD。儘管如此，在台上一起演奏的瞬間，對他們來說就是最好的回報。他們無視世俗眼光與常識，想用音樂證明自己的存在。夢還很遙遠，但他們相信，有些事，只有現在能做。

120 ～を皮切りに
作為開始～

◆ 文法解釋

前接名詞，表示以該事物為開端，引發後續各種行動與狀況。

◆ 常見句型

- 名詞＋を皮切りに（して）／を皮切りとして

  前接表示某事物的名詞，表示其是後續一連串行動或狀況的開始。

◆ 短句跟讀練習

- 名詞＋を皮切りに（して）／を皮切りとして

  大阪公演を皮切りに、全国5都市を回るライブツアーが始まった。
  以大阪的演出為起點，展開全國五大城市的巡迴演出。

  台湾での上映を皮切りに、この映画はアジア各地で公開される予定です。
  從台灣上映開始，這部電影預計將在亞洲各地上映。

  新作ゲームの発売を皮切りに、関連グッズやアニメ企画も進行中です。
  從新作遊戲發售開始，週邊商品與動畫企劃也正在進行中。

進階跟讀挑戰

　ミニブタを飼い始めた日を皮切りに、我が家の暮らしは一変した。部屋中に敷かれた滑り止めマット、冷蔵庫には野菜がぎっしり、散歩ルートも「ブタ優先」で決まる。最初は「本当に懐くのかな」と不安だったけれど、今では甘えん坊でちょっと頑固な存在が、家族の癒しになっている。犬でも猫でもない、不思議な存在が、日々の暮らしに笑いと発見をもたらしてくれている。

　從開始養迷你豬的那天起，我們家的生活就徹底改變了。地上鋪滿止滑墊、冰箱塞滿蔬菜，連散步路線都是以「豬大人優先」來安排。起初還擔心「真的會親人嗎？」結果現在這個愛撒嬌又有點固執的小傢伙，成了全家人的療癒來源。既不是狗也不是貓的這個神奇存在，為每天的生活帶來歡笑與驚喜。

随堂考⑫

❶ 請選擇最適合填入空格的文法

1. 設備の老朽化により、予定されていた全工程の見直し（＿＿＿）。
   1. をものともしない　　2. を余儀なくされた
   3. をきんじえない　　　4. には当たらない

2. 参加（＿＿＿）、最低限の情報は全員が把握しておくべきだ。
   1. した限り　　　　　　2. するばかりに
   3. しているところが　　4. しようとしまいと

3. この難題を任せられるのは、彼女（＿＿＿）他にいない。
   1. をおいて　　2. をもとに　　3. をものに　　4. をきっかけに

4. 本件の遅延は、関係部署間の調整不足に起因する（＿＿＿）と思われる。
   1. こと　　　　2. もの　　　　3. ばかり　　　4. ところ

5. 目先の利益ばかり追い、現場の声を（＿＿＿）にする経営陣の姿勢には失望せざるを得ない。
   1. ないがしろ　2. ものとも　　3. とりわけ　　4. かこつけ

6. 彼（＿＿＿）説得できなかったというのは、相当な覚悟の表れだ。
   1. であれ　　　2. だとすると　3. をもってしても　4. といっても

7. 初の海外支社開設（　　　）、当社はグローバル展開を本格化させた。
　　1. をよそに　　　　　　　　2. をもちまして
　　3. を皮切りに　　　　　　　4. をものともせずに

❷ 請選擇最適合填入空格的文法

　少子高齢化は、日本が直面する最も深刻な社会課題の一つである。政府は対策を進めているものの、高齢者福祉や年金制度の限界①（　　　）、抜本的な改革には踏み切れていない。若者が結婚②（　　　）、子どもを持つかどうかは個人の自由だが、社会全体で支える仕組みがなければ、出生率の回復は困難な③（　　　）。専門家の分析④（　　　）、医療・介護制度と育児支援の両立が不可欠だという。選択の自由を保障しつつ、持続可能な社会を築くためには、今行動する⑤（　　　）。

① 1. をけいきとして　2. をよそに　3. をふまえ　4. にかまけて
② 1. するにせよしないにせよ　　2. するだのしないだの
　 3. しようとしまいと　　　　　4. するやらしまいやら
③ 1. ものと思われる　　　　　　2. 余儀なくされる
　 3. ものとする　　　　　　　　4. じまいだ
④ 1. はとにかく　　　　　　　　2. なりとも
　 3. をもってすれば　　　　　　4. にかけたら
⑤ 1. よりはかにない　2. までもない　3. とする　　4. とされている

隨堂考解答

隨堂考①

1. 請選擇最適填入空格的文法

1. 3 にかかわらず
2. 2 あっての
3. 3 からして
4. 2 いざとなれば
5. 4 がてら
6. 1 以前に
7. 4 どっちみち
8. 2 かたがた

2. 請選擇最適合填入空格的文法

① 1. あっての
② 4. 以前
③ 2. がてら
④ 4. いかんによっては
⑤ 3. いざとなれば

隨堂考②

1. 請選擇最適合填入空格的文法

1. 4 かつてない
2. 3 かろうじて
3. 2 気取り
4. 4 が早いか
5. 4 からの
6. 1 多かれ少なかれ
7. 2 だけに
8. 3 かと思いきや

2. 請選擇最適合填入空格的文法

① 2. きっての
② 4. か否か
③ 3. かろうじて
④ 1. かと思いきや
⑤ 3. が早いか

隨堂考③

1. 請選擇最適合填入空格的文法

1. 3 ごとき
2. 4 ことのないように
3. 1 こととて
4. 4 きりがない
5. 3 ことだし
6. 2 きらいがあり
7. 1 こともあって

2. 請選擇最適合填入空格的文法

① 2. きりがない
② 4. きらいがある
③ 1. ごとく
④ 2. 極まる
⑤ 4. この上なく

隨堂考④

1.請選擇最適合填入空格的文法
1. 3 させずじまいで
2. 4 したためしがないので
3. 1 したところで
4. 3 のみ
5. 3 来(こ)なかったら
6. 1 すら
7. 4 ところだ
8. 2 そばから

2.請選擇最適合填入空格的文法
① 2. すら
② 4. そばから
③ 1. 術(すべ)がない
④ 3. ずにはおかない
⑤ 2. ところで

隨堂考⑤

1.請選擇最適合填入空格的文法
1. 1 分(ぶん)だけ
2. 3 たるもの
3. 3 だに
4. 4 までのこと
5. 3 ったらしい
6. 2 ただでさえ
7. 2 っぱなし

2.請選擇最適合填入空格的文法
① 2. たるもの
② 3. だろうに
③ 4. たりとも
④ 1. だの、だの
⑤ 3. ただでさえ

隨堂考⑥

1.請選擇最適合填入空格的文法
1. 2 ても差(さ)し支(つか)えない
2. 3 願(ねが)ってやまない
3. 1 じゃあるまいし
4. 4 ってもどうにもならない
5. 3 ては、ては

2.請選擇最適合填入空格的文法
① 1. やり尽(つ)くして
② 3. であれ、であれ
③ 3. てみせる
④ 3. しょうもない
⑤ 4. でもあり、でもある

隨堂考⑦

1.請選擇最適合填入空格的文法
1. 2 とあれば
2. 4 というか、というか
3. 3 ところを
4. 4 といったところだ
5. 1 済(す)まない
6. 1 とあって
7. 3 ときたら

2. 請選擇最適合填入空格的文法
① 3. といわず
② 1. といったところだ
③ 1. ではすまない
④ 2. とはいえ
⑤ 4. ところ

隨堂考⑧

1. 請選擇最適合填入空格的文法
1. 2 と言っても
2. 1 とて
3. 4 なれないまでも
4. 3 ながら
5. 1 としたことが
6. 4 ともなると
7. 2 と言えなくもないが

2. 請選擇最適合填入空格的文法
① 4. というものは
② 2. ともなると
③ 1. ないとも限らない
④ 3. としてあるまじき
⑤ 1. 会えないまでも

隨堂考⑨

1. 請選擇最適合填入空格的文法
1. 2 に堪えない
2. 2 いざしらず
3. 1 なり、なり
4. 4 にとどまらず

5. 3 ながらに
6. 3 にしたところで
7. 2 にあって
8. 1 に堪える

2. 請選擇最適合填入空格的文法
① 1. ながらに
② 2. ともかく
③ 4. にかこつけて
④ 2. にとどまらず
⑤ 3. ものか

隨堂考⑩

1. 請選擇最適合填入空格的文法
1. 3 には及びません
2. 4 ほどがある
3. 1 言わせれば
4. 3 に欠かせない
5. 2 に限らない
6. 4 に至るまで
7. 1 に越したことはない
8. 2 にもまして

2. 請選擇最適合填入空格的文法
① 2. に欠かせない
② 1. には当たらない
③ 3. に至っては
④ 1. にも増して
⑤ 4. に言わせれば

隨堂考⑪

1. 請選擇最適合填入空格的文法
1. 2 に足る
2. 3 までもなく
3. 1 めったに
4. 3 のをいいことに
5. 4 べからず
6. 2 はさておき
7. 1 までのことだ
8. 3 に値する

2. 請選擇最適合填入空格的文法
① 2. に則って
② 4. に値する
③ 1. べからず
④ 1. べく
⑤ 2. めったに

隨堂考⑫

1. 請選擇最適合填入空格的文法
1. 2 を余儀なくされた
2. 4 しようとしまいと
3. 1 をおいて
4. 2 もの
5. 1 ないがしろ
6. 3 をもってしても
7. 3 を皮切りに

2. 請選擇最適合填入空格的文法
① 2. をよそに
② 3. しようとしまいと
③ 1. ものと思われる
④ 3. をもってすれば
⑤ 1. よりはかにない

新日檢試驗 JLPT 絕對合格

考過 N5-N1 日檢所需要的知識全部都在這一本！
最完整的日檢模擬題＋解說

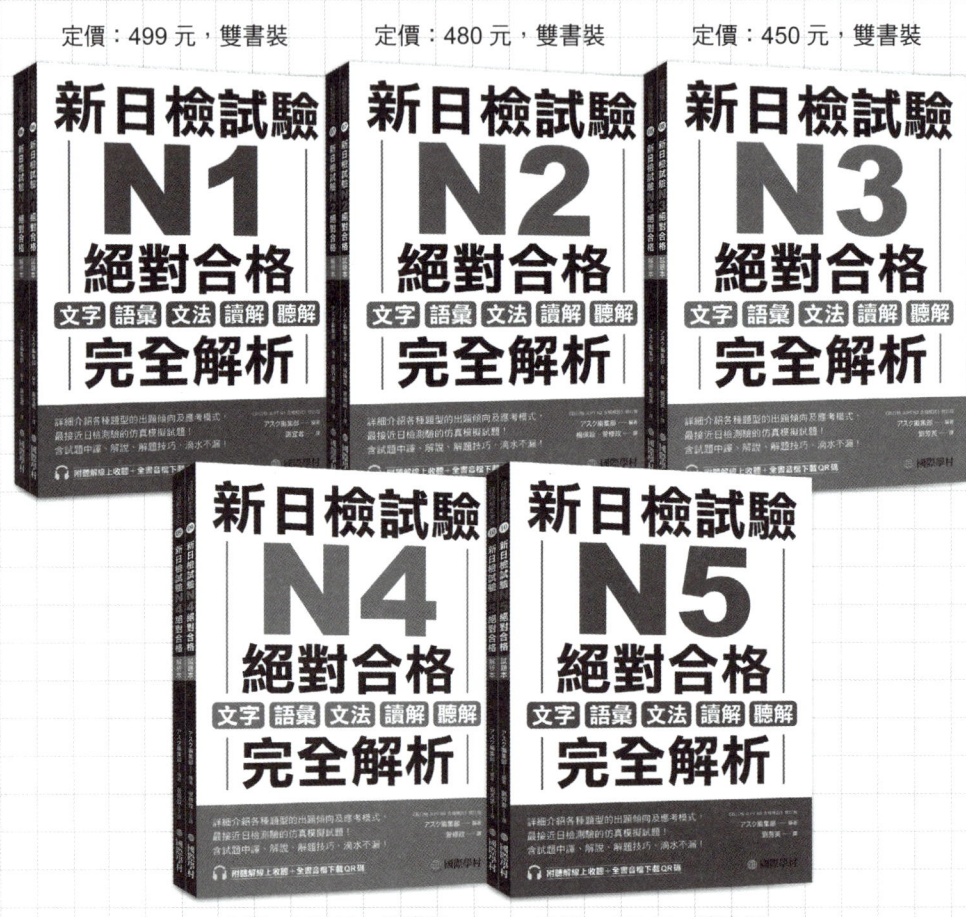

定價：499 元，雙書裝　　定價：480 元，雙書裝　　定價：450 元，雙書裝

定價：450 元，雙書裝　　定價：450 元，雙書裝

日本知名的日語教材出版社「アスク出版」專門為非日本人所設計的日檢模擬試題題庫，三回的模擬試題透過蒐集、分析、參考實際的日檢測驗寫出，每題都在解析本內詳盡說明解題方法，對考日檢絕對有極大幫助！

作者：アスク編輯部　　聽解線上隨刷隨聽 QR 碼

日檢 N5-N1 一次全包

一本就能幫助你一次考過 JLPT 所有級數，
單字、文法、慣用語，史上最完整的日檢用寶典！

定價：449 元

定價：499 元　　　　　　　　　　　　　　　　定價：549 元

線上隨刷隨聽 QR 碼　　　　　　　　**線上隨刷隨聽 QR 碼**

精選出題頻率最高的慣用表現、考用文法、考用單字，全級數一次通過！

作者：金星坤

一目瞭然！
必考文法考前筆記總整理！！

首次公開！日語教師的私藏教學筆記
絕對一目瞭然的日檢考前文法總整理！

定價：399 元

本書包括 N3 到 N1 日本語能力測驗必定會出現的 500 個文法，
詳盡介紹各文法的意義、用法、類似語，
考前衝刺、試前準備都適用！

作者：許心瀠　　線上隨刷隨聽 QR 碼

對日語文法的基礎感到沒自信？
這本書適用給想回頭鞏固文法基礎的所有考生，
最完整的日語文法總整理！

定價：439 元

連日本學生都在用！
總整理 × 練習題一本搞定，秒懂日語的構造與詞性變化！

作者：文英堂編集部

自學、教學都好用！
各種場合與日本人完美應對的日語指南

定價：399 元　附小冊子

經典級敬語攻略寶典的令和最新威力加強版！
想要擁有日檢 N1 等級的日語能力，敬語可不能不搞懂！

作者：岩下宣子　線上隨刷隨聽 QR 碼

語言學習NO.1

國際學村　LA PRESS 語研學院 Language Academy Press

學英語
祝福人生的英文聖經抄寫奇蹟　聖靈的果實

學韓語
每天3分鐘睡前學韓語
一天一點，只要堅持21天
輕鬆學會一種語言，從不敢說到開口聊不停

學日語
專為自學者設計！
自學日語文法 看完這本就會用！
JAPANESE Grammar
文法解說＋品詞說明＋練習驗收

第二外語
我的第一本越南語發音 QR碼行動學習版
VIETNAMESE Starter!

考多益
新制多益 最新！TOEIC 閱讀題庫解析 Reading

考日檢
新日檢500文型 常見 N3 N2 N1
JLPT N1 N2 N3 GRAMMAR

考韓檢
NEW TOPIK 新韓檢 初級 應考祕笈
KOREAN Beginner Level Test Guide

考英檢
GEPT 初試1次過 全民英檢 初級 聽力測驗

想獲得最新最快的語言學習情報嗎？

歡迎加入
國際學村&語研學院粉絲團

台灣廣廈 國際出版集團

國家圖書館出版品預行編目（CIP）資料

跟讀學日檢文法N1：用Shadowing跟讀法,自然而然、快速掌握最高頻率N1文法試題!/黃彥凱著.
-- 初版. -- 新北市：國際學村出版社, 2025.07
　面；　公分
ISBN 978-986-454-433-2(平裝)
1.CST: 日語 2.CST: 語法 3.CST: 能力測驗

803.189　　　　　　　　　　　　　　　　　　　　　　114006933

國際學村

跟讀學日檢文法N1

用SHADOWING跟讀法，自然而然、快速掌握最高頻率N1文法試題！

作　　　　者／黃彥凱	編輯中心編輯長／伍峻宏
	編輯／尹紹仲
	封面設計／林珈仔・內頁排版／菩薩蠻數位文化有限公司
	製版・印刷・裝訂／東豪・弼聖・明和

行企研發中心總監／陳冠蒨	線上學習中心總監／陳冠蒨
媒體公關組／陳柔彣	企製開發組／江季珊、張哲剛
綜合業務組／何欣穎	

發　行　人／江媛珍
法律顧問／第一國際法律事務所 余淑杏律師・北辰著作權事務所 蕭雄淋律師
出　　版／國際學村
發　　行／台灣廣廈有聲圖書有限公司
　　　　　地址：新北市235中和區中山路二段359巷7號2樓
　　　　　電話：（886）2-2225-5777・傳真：（886）2-2225-8052

讀者服務信箱／cs@booknews.com.tw

代理印務・全球總經銷／知遠文化事業有限公司
　　　　　地址：新北市222深坑區北深路三段155巷25號5樓
　　　　　電話：（886）2-2664-8800・傳真：（886）2-2664-8801
郵政劃撥／劃撥帳號：18836722
　　　　　劃撥戶名：知遠文化事業有限公司（※單次購書金額未達1000元，請另付70元郵資。）

■出版日期：2025年07月　　ISBN：978-986-454-433-2
　　　　　　　　　　　　　　版權所有，未經同意不得重製、轉載、翻印。

Complete Copyright © 2025 by Taiwan Mansion Books Group.
All rights reserved.